삶에 수평선 하나 띄워 두고

전석홍 산문집

새로운 세상의 숲
신세림출판사

삶에 수평선 하나 띄워 두고

전석홍 산문집

발간하면서

한 월간지에서 나에게 원고 청탁을 해 왔다. 2024년 신년 설계를 써 달라는 것이었다.

'나는 아직 수필집을 한 권도 발간하지 못했습니다. 새해에는 그동안 써 놓은 수필과 새로 쓰고 싶은 수필들을 한데 모아 수필집을 출간하는 작업을 하고 싶습니다.' 라고 신년 계획을 썼다.

정말 수필집을 내고 싶었다. 그래서 그동안 투고한 산문과 내가 근년에 써 놓은 미발표 산문들을 한 자리에 모았다. 그 중에서 가능한 한 중복을 피하기 위해 선별하여 한 권의 산문집으로 묶어 내기로 했다.

그리고 여기에 박봉우 시인이 《전남문단》에 기고한 글, 「전석홍 도백에게」와 언론과의 대담 내용을 첨가하기로 했다.

이 산문들 중에는 내가 꼭 남기고 싶은 글들도 포함되어 있다. 이로써 나는 신년 설계가 '작심 3일이 안 되도록 내 마음과' 한 '굳은 약속'을 지키게 되었다. 생의 한 노둣돌을 딛고 넘어선 것만 같다.

이 산문집 작업을 하는데 큰손자 전세환의 도움이 컸다. 집사람은 내 원고를 다 읽으면서 교정을 보아 주었다. 고마운 마음을 전한다. 아울러 출판을 해 주신 신세림출판사 이시환 시인님께 감사의 말씀을 드린다.

2024년 7월 10일

차 례

2부

차 례

3부

4부

5부

1부

일찍 일어난 새가 멀리 높이 난다

동창이 밝았느냐 노고지리 우지진다
소치는 아이는 상기 아니 일었느냐
재 너머 사래 긴 밭을 언제 갈려 하나니
　　　　-남구만

　나는 농촌에서 태어나 흙과 풀냄새를 맡으면서 자랐다. 소도
뜯기고 소먹이 풀도 베어 날랐다. 여치, 뻐꾸기, 종달새 우는
소리를 벗 삼아 어린 시절을 보냈다. 그래서 이 시조를 접하면
시골 고향 풍경이 주마등처럼 스쳐가곤 한다.

　나는 어렸을 때 나의 교육에 각별히 심혈을 기울이셨던 할아
버지의 사랑과 함께 엄한 가르침을 받으며 성장하였다.
　할아버지께서는 봄이면 항상 일찍 일어나셔서 대빗자루로 마
당을 쓰시는 일로 하루를 시작하셨다. 그런데 내가 초등학교에
들어가기 전 주학(晝學)에 다니자, 할아버지께서는 마당을 쓰

시면서 늦잠을 자는 나를 깨우셨다.

"해가 창에 비치도록 늦잠을 자고 있느냐, 빨리 일어나 세수하고 마루에 나와서 책을 소리 내어 읽어라." 하고 말씀하시었다. 그럴 때면 눈을 부비고 일어나 찬물로 세수를 하고 마루에 앉아 할아버지께서 들으실 수 있도록 국어책을 읽었다.

할아버지께서는 내가 조금이라도 더듬거리며 읽게 되면 "왜 잘 읽지 못하고 짚으로 콩을 엮듯 읽느냐"고 꾸지람을 하시는 것이었다.

어느 날 나는 꾸중을 듣지 않기 위해서 지혜를 짜냈다. 국어책보다 더 읽기 쉬운 산수책을 입에서 술술 나올 정도로 연습해 두었다. 다음날 아침 할아버지께서 마당을 쓰시기 전에 일어나 세수를 하고 툇마루에 무릎을 꿇고 앉아 산수책을 막힘없이 읽어 내려갔다.

그러자 할아버지께서는 아무 말씀도 하지 아니하시고 마당만 쓰시는 것이었다. "드디어 나의 읽기에 대해 만족하시는 것이구나, 바로 이것이구나" 하고 내심 안도했다. 그 뒤 나는 스스로 매일 이와 같은 과정을 반복하였다. 이것이 나에게 습관처럼 몸에 밴 것이다.

남구만의 이 시조를 읊게 되면 아침 마당을 쓰시는 할아버지의 모습. 마루에 앉아 책을 읽는 나의 어릴 적 모습이 아련히 그림처럼 펼쳐진다. 그래서 이 시조를 애송하게 되었다.

나는 지금도 이따금 옛 생각이 나면 서재에 앉아 이 시조를

암송하면서, 나의 교육을 위해 힘쓰신 할아버지의 깊으신 정과
고향의 향수를 느끼곤 한다.

(열린시조 1999년 여름호)

삶에 수평선 하나 띄워 두고

두레박 샘물 길어 오실 때, 어머니
물동이 가득 안 채우시고
빈 바가지 물에 띄워
또가리 받쳐 이고 오셨네
걸음걸음마다 물 출렁이면
바가지가 흔들리며
넘치지 말라고 다독거렸네

다 채우지 않고
삶에 수평선을 띄워 두는
어머니, 어머니의 슬기여

　　　　　–전석홍 「수평선」 전문

　샘터에서 두레박으로 물을 퍼 올린 어머니가, 물동이를 다 채
우지 않고 빈 바가지를 둥둥 띄워, 또가리 받쳐 이고 오시는 것

을 보며 자랐다. 물동이를 인 걸음걸음마다 물이 출렁거리면, 떠 있는 빈 바가지가 물이 넘치지 말라고 다독거리며 수평선을 잡아준다. 얼마나 슬기로운가? 여기에서 가르침을 얻는다.

저마다 내 그릇을 가득 채우려 아귀다툼을 하는 것을 흔히 본다. 내 그릇만을 넘치게 채우려는 과욕에서 갈등과 분쟁이 생기게 되는 것이다.

우리는 공동체사회에서 살고 있다. 함께 어울리며 서로 배려하고 모자람을 보완해 가면서 살아가야 한다. 서로의 것을 존중하면서 공평한 마음가짐으로 살아갈 때 평화로운 삶의 환경이 마련되는 것이다.

나는 최인호의 『상도(商道)』를 감명 깊게 읽었다. '계영배(戒盈杯)'가 특히 뇌리에 깊이 박혀 있다. 넘치면 흘러버리고 내 것이 되지 않는다는 교훈을 일깨워 준다. 여기에는 남을 배려하는 철학이 들어 있다. 즉, 공동체 정신이 배어 있는 것이다. '계영배'의 뜻을 새겨, 내 그릇을 넘치지 않게 하려는 자세를 가질 때 누리는 평온한 곳이 될 것이다.

우리는 공동체라는 거대한 그릇 안에서 서로 관계를 맺으며 활동하고 있다. 서로의 사이에는 수평선이 띄워져야 화평이 따른다. 이는 물리적인 평등을 의미하는 것이 아니다. 사람들의 마음속에 서로 수평하다는 느낌을 가질 때 불평, 불만, 갈등이 솟구쳐 오르지 않는다. 한편으로 기울어졌다는 느낌이 다가올 때 불화와 분쟁의 씨앗이 움트는 것이다.

수평선이 유지되는 공동체사회를 이룩하기 위해서는 마음을 비운 조정자가 있어야 한다. 공동체사회는 늘 요동을 친다. 이고 가는 물동이 물과 같이 기우뚱거린다. 이를 다독이며 수평을 잡아주는 빈 바가지 역할을 해 주어야 한다. 수평선이 띄워진 공동체사회가 우리가 바라는 세상이리라. 모두가 삶에 수평선 하나씩 띄워 두고 일상에 임할 때 화평한 터전이 될 것이다.

(문학의 집·서울 241호 2021년 11월)

「나룻배와 행인」이 가르쳐 준 정신

　대학교 2학년 때의 일이다. 서울대학교 총장을 역임하신 최문환 교수님께서 사회사상사 시간에 민족주의 이론을 강의하시면서 이태리 독립운동의 지도자인 마찌니(J.Mazzini)에 대하여 설명해 주셨다. 마찌니는 19세기 중엽 이태리의 단일통일국가를 성취하기 위해 독립운동을 주도한 인물이다. 교수님께서는 마찌니가 중요한 인물임에도 불구하고 우리나라에서는 역사서 외의 저서에서 그의 기록을 찾아보기 힘들며 오직 한용운의 시집 『님의 침묵』 중 「군말」에서 '마시니의 님은 이태리다' 라고 표현하고 있을 뿐이라며 매우 안타까워하시던 모습이 지금도 생생하다.

　나는 그때 두 가지 점에 대해 감탄했다. 사회사상사를 강의하시는 교수님이 이태리의 마찌니가 우리나라에서 어느 정도 다루어지고 있는지 기록을 찾아보시던 중 한용운의 시집 『님의 침묵』까지 섭렵하셨다는데 대하여 내심 놀라웠다. 와세다대학 학생시절 도서관에서 파고 산 독서광으로 명성을 떨친 교수님이 시기에 그럴 수 있겠다는 생각이 들기도 했다. 그리고 평소에 『님의 침묵』을 읽으면서도 무감각하게 넘긴 것이, 새삼스레 나를 감탄의 늪으로 끌어 들였다. 그것은 만해가 「군말」에서 석가의 님, 칸트의 님, 장미화의 님을 들면서 다른 독립운동가도 아닌 서양, 그 중에서도 멀리 이태리의 마찌니를 끌어들여 '마찌니의 님은 이태리'라 씀으로써 생동감을 주었다는 점이다. 왜 그를 끌어들였는지 잘 모를 일이지만 최문환 교수님의 강의를 듣고서야 능히 그럴 수 있겠다는 느낌을 어슴푸레 가지게 되었다.

그 뒤 마찌니는 나의 뇌리에 깊이 박히게 되었고 만해의 『님의 침묵』에 대해 더욱 애착을 갖게 되었다. 최문환 교수님께서는 그의 역저 『민족주의의 전개과정』(서울:박영사, 1958.)이라는 저술에서 「이태리 독립과정과 마찌니의 민족이론」을 논하면서 『님의 침묵』의 「군말」을 인용하고 있다. '님만 님이 아니라 기룬 것은 다 님이다. 중생이 석가의 님이라면 철학은 칸트의 님이다. 장미화의 님이 봄바람이라면 마시니의 님은 이태리다. 님은 내가 사랑할 뿐 아니라 나를 사랑하나니라.' -한용운의 『님의 침묵』「군말」에서 라고.

나는 중고등 학생 시절 시를 좋아해 시를 읽으며 습작을 했다. 시집 『님의 침묵』은 고등학교 1학년 때 사서 다른 시집과 더불어 열심히 읽었다. 그 의미의 깊이와 신비스러움과 특이한 표현은 나를 매료시켰으며 깊은 감명을 주었다. 그 중에서도 「님의 침묵」「복종」「알 수 없어요」「나룻배와 행인」을 좋아했으며 특히 「나룻배와 행인」은 지금도 애송하고 있다.

　　나는 나룻배
　　당신은 행인

　　당신은 흙발로 나를 짓밟습니다
　　나는 당신을 안고 물을 건너갑니다
　　나는 당신을 안으면 깊으나 얕으나 급한 여울이나 건너갑니다
　　만일 당신이 아니 오시면 나는 바람을 쐬고 눈비를 맞으며 밤에
　서 낮까지 당신을 기다리고 있습니다
　　당신은 물만 건너면 나를 돌아보지도 않고 가십니다 그려
　　그러나 당신이 언제든지 오실줄만은 알아요
　　나는 당신을 기다리면서 날마다 날마다 낡아갑니다

　　나는 나룻배
　　당신은 행인
　　　　　－「나룻배와 행인」 전문

　나룻배는 나루를 건너다니는 배다. 나무로 만들어져 주로 서
민들이 강물을 건너다니는 데 이용하는 교통수단이다. 그러므
로 서민의 애환이 듬뿍 서려있다. 이와 같은 나룻배는 참고 견
디면서 말없이 남을 위해 할 일을 다 하는 인욕과 봉사와 희생
의 정신을 상징한다 할 수 있다. 결코 서두르지 않고 차분하게

기다리며, 흙발로 밟고 들어서도 아랑곳하지 않으며, 돌아보지도 않고 가버림에 대해 서운해 하지도 않고, 위험을 무릅쓰고라도 묵묵히 몫을 다 하는 정신이 풍겨난다.

이 시는 보는 이에 따라 나와 그리운 사람과의 관계로, 또는 중생을 제도하는 불가의 사상으로, 또는 남에게 무한 봉사하는 지극한 정성으로도 보아질 수 있다. 나는 공직 생활을 하면서 이 시를 소리 내어 읽을 때면 주민과 상대하는 여러 형태의 대민행정을 나룻배 정신으로 묵묵히 참으면서 성실하게 수행해 나가야 한다는 마음가짐을 갖게 해 주었다. 아무리 공무수행 중 어려움이 있어도 인내하며 할 일을 제대로 해야 한다는 차분한 마음 다스림이 되는 것이었다. 공직을 떠난 지금 이 시를 읽을 때면 내 가족, 내 주변과의 관계에서 나룻배 같은 쓰임이 되고자 차분하게 마음을 다지게 된다.

(만해새얼 2006년 만해축전 기념호)

삶은 선택의 과정

1.

 나는 시골에서 태어났다. 소도 뜯기고 풀도 베어 나르며 자랐다. 면소재지 마을이라 초등학교 다니는 데는 편했다.

 6학년 때 학생회장을 하면서 담임선생님을 배척하는 동맹휴학을 주도했다. 선생님은 배후를 캐려 다그쳤지만, 실제 배후 조종자가 없었고 단독으로 결행한 일이었다. 반성의 기미가 없다고 하여 나는 퇴학을 맞았다. 그날이 마침 졸업사진을 찍는 날이라 나는 졸업사진이 없다. 다른 학교에서 오라는 연락이 있었지만 다니던 학교에서 복교시켜 줄 터이니 가지 말라고 말려서, 집에서 혼자 공부를 하였다.

 혼자 집에서 공부를 해 보니 별로 어려움은 없었다. 오히려 학교보다 진도가 빨랐다. 그러나 교과서에 실린 글 내용에 대해 선생님의 설명을 들을 수 없는 것이 답답했다. 그때 나는 학교에서 공부를 배운다는 것은 글만 배우는게 아니라, 글 뒤에 숨어있는 내용을 설명 들으며 선생님의 인격까지 배운다는 것을 깨달았다. 학생은 공부만 해야 한다는 것을 뼈저리게 깨우친 것이다.

퇴학을 맞은 뒤 한 달 보름만에 복교가 되어, 졸업장만 한 장 받아 들고 졸업하여 중학교에 진학하게 되었다. 담임선생님이 일부러 집에 찾아와 할아버지와 아버지께 돈을 벌려면 공업중학교 전기과에 가야한다고 권하여 목포공업중학교 전기과에 입학하게 되었다.

중학교 1학년 때 수업을 마치고 귀가하는 길에 노상책방에서 『왜 가난한가?』라는 팜플렛 같은 책을 한 권 샀다. 며칠 뒤 초등학교 2년 선배로 학생회장을 지냈던 공업중학교 기계과 3학년생인 선배가 내 자취방에 찾아왔다. 어떻게 알았는지 『왜 가난한가?』라는 책을 샀느냐고 물었다. 나는 가난하니까 왜 가난한지 알고 싶어서 샀다고 답했다. 그랬더니 자기들 서클에 입회하라는 것이었다. 나는 즉석에서 거절했다. 초등학교 때 동맹휴학을 주도하여 퇴학을 맞고 나서, 학생은 공부만 해야 한다는 것을 깨달았으며 어느 단체에도 들어가지 않겠다고 말했다. 그 뒤로 다시 한번 내 자취방에 찾아와 입회를 권유했으나 거절했다. 얼마 뒤 목포에 있는 중학생 불온 서클이 일망타진 되어, 그 선배와 목포사범학교에 다니던 초등 1년 선배 학생회장도 그 서클에 입회되어 퇴학을 당하고 말았다.

참 운명의 갈림길이었다. 초등학교 때 퇴학을 맞아, 학생은 공부만 해야 한다는 깨달음이 없었다면 나도 그 서클에 입회하여 퇴학을 당하고 말았을 텐데, 일찍 겪은 체험이 나에게 옳은 선택을 하도록 만든 것이다.

2.

전기과에는 장덕진(전 농수산부장관), 송윤재(전 현대상선 회장) 같은 우수한 친구들이 있어서 나에게 큰 자극이 되었다. 그러나 전기과는 내 소질에 맞지 않았다. 중학교 2학년 때 『철학입문(哲學入門)』(高橋庄治 印貞植 譯 1949, 서울출판사)을 사서 읽고, 내가 찾고 있는 학문이 바로 철학이라 생각했다. 그래서 장차 전공할 학문을 철학으로 정하고 인문계로 가야겠다는 마음을 굳혔다.

중학 3년을 마치고 목포고등학교에 입학을 했다. 친구들과 문학 활동을 하면서 철학자가 되는 것을 목표로 그 방면의 책도 폭넓게 사서 읽었다. 고등학교 때 내 별명은 '데카르트'였다. 나는 서울대 문리과대학 철학과에 가려 생각하고 있었다.

나는 장남이다. 집안에서는 내가 장차 무엇을 전공할 것인가에 대해 관여하지 않았다. 아버지께서는 주변 분을 통해서 내가 철학자가 되고 싶어 한다는 것을 알고 계셨으나 말씀이 없으셨다. 나는 고등학교 2학년 때까지는 학교 공부보다는 문학과 철학 독서에 심취했으며 3학년 때 본격적으로 대학입학시험 공부에 매달릴 계획이었다. 고등학교 2학년을 마치고 봄방학 때 고향집에 가 있으면서 나의 진로에 대해 백지상태에서 숙고해 보았다. 철학과에 진학해 학자가 될 것인가, 아니면 다른 과를 선택하여 사회활동을 할 것인가. 고심 끝에 학자의 길을 포기하기로 하고 문리과대학 정치학과를 지망할 결심을 했다. 아버지께 말씀 드렸더니 안도하시는 표정이었다.

대학입학원서를 쓸 무렵, 아버지께서는 전남대학에 가는 것이 어떻겠느냐고 내 의중을 떠 보셨다. 학비 뒷받침이 어렵기 때문이었다. 나는 입학금만 대 주시면 알아서 대학에 다니겠다고 말씀 드렸다. 그랬더니 다른 말씀이 없으셨다. 그렇게 해서 서울대 문리과대학 정치학과에 입학하게 되었으며 가정교사로 대학을 마칠 수 있었다.

3.

문제는 대학졸업 후 무엇을 할 것인가 이었다. 나에게는 다른 방법이 없었다. 최소한의 사회적 가치 평가와 자리가 보장되면서 내 뜻을 펼칠 수 있는 길은 내 힘으로 고등고시에 합격하는 것 뿐이라는 생각이었다. 그렇게 해서 제13회 고등고시 행정과에 합격하여 공직에 몸을 담게 되었다.

고등고시 합격 후 전라남도에 배치되어 전남도청에서 수습을 마치고 도의 과장, 군수를 거쳐 1971년 새마을운동을 시작할 때 내무부 과장으로 임명되어 폭넓은 공직활동을 할 수 있는 발판을 마련했다.

공직생활을 하면서, 사람은 누구나 원점에서 출발하여 일정한 과정을 거친 다음, 다시 원점으로 돌아가는 것이니 항상 '인간적'이어야 한다는 것을 명심하였다. 사회적으로 힘이 있는 사람보다는 어려운 사람, 햇살이 드는 곳보다는 그늘진 곳을 찾아 보살펴주는 자세로 행정에 임했다. 어느 직위에 있든지 최선을 다 하여 업무처리를 하고, 깨끗하고 공명정대해야 한다는 마음가짐을 갖도록 노력하였다. 집안의 일은 집사람에게 전적으로 맡기고 오로지 공무에만 힘을 쏟았다.

공직생활을 마치고 공부를 더 하고 싶어 한양대학교 대학원 박사과정에 입학하여 행정학박사 학위를 취득했다. 바로 이어 한양대학교 행정대학원에서 도시행정, 도시경영론 등의 강의를 맡았다. 그러던 중 1995년 최초로 실시된 광역단체장 선거 때 민주자유당(지금 새누리당)의 요청에 의해 전라남도 도지사 후보로 입후보하여 낙선의 고배를 마셨다. 그것이 정계 입문의 계기가 되어 제15대 전국구 국회의원으로 4년간 의정활동을 하였으며 전라남도 도지부 위원장직을 맡아 대통령선거, 국회의원선거, 지방선거 등을 여러 차례 치렀다.

내가 좋아하는 글(시)을 쓰고 싶어 정치를 정리하려 하였으나 그렇게 쉽게 이루어지는 것이 아니었다. 그래서 2004년 3월 29일 누구와도 상의하지 않고 나만의 결심으로 탈당계를 제출하여 정계를 떠났다. 곧바로 공직생활을 하면서 시심이 떠오를 때마다 써 놓은 시들을 정리하여 시단에 발을 디뎌, 시 공부의 길을 걷게 되었다. 너무 늦었다는 생각을 늘 하면서 글 쓰는데 힘을 기울이고 있다.

지나간 시간을 되돌아보면 까마득한 느낌이다. 삶의 과정은 결과 여하를 불문하고 선택의 과정이다. 내가 선택한 길목에서 할 수 있는 일은 오직 나에게 주어진 '지금' 최선을 다 하는 것 뿐이라는 생각을 가지고 활동을 하고 있다. 나의 좌우명인 '정직, 신의, 성실'을 생활화하고 가훈인 '걷는 자만이 앞으로 나아간다'를 실천하는데 나름대로 힘을 기울이고 있다.

(대한문학 2014년 여름호)

농기구열전에 담긴 이야기

나는 농촌에서 자랐다. 그래서 농기구와 친숙히 지낼 수 있었다. 낫으로 풀을 베고 지게로 벼와 보리, 나무를 져 나르기도 했다. 어른들만 부릴 수 있는 쟁기와 두레 같은 농기구는 옆에서 보면서 그 쓰임새를 터득하고 얼마나 힘든 작업인지를 뼛속 깊이 새길 수 있었다.

농기구는 삶의 가파른 언덕을 넘어오는데 지팡이가 되어 주었다. 거기에는 농촌생활의 애환이 고스란히 담겨있다. 농민들의 피와 땀, 손때가 서려 있으며 혼이 박혀 있다. 농기구를 보면 무생명의 도구가 아니라 저마다 표정을 지닌 하나의 생명체로 다가온다.

나와 어울려 지내온 이 농기구가 사용하기 편리한 현대적 기계에 밀려 점차 우리 주변에서 사라져가고 있다. '이리야 쯧쯧' 소를 몰던 구성진 들판은 트랙터의 굉음이 독차지하고 있다. 농업박물관에 가야만 지난 시절 눈에 익은 농기구들을 보면서 그 시절의 삶을 회상해 볼 수 있게 되었다.

나는 뒤늦게 문단에 발을 디디면서, 내가 일찍 체험한 농기구를 통해 농촌의 고단한 생활상을 형상화하고 싶었다. 그러던 차에 문학평론가 김재홍 교수께서 잊혀져가는 농기구를 통해서 농촌의 애환을 그려보는 것이 어떻겠느냐는 의견을 주었다. 그러면서 소장하고 있던 『한국농기구고(韓國農器具攷)』(김광언, 1988)를 참고 하라고 내주었다. 그렇게 해서 나는 농기구 연작시를 구상하게 되었다.

농기구 연작시는 단순히 농기구를 노래하는 것이 아니라, 농민들의 고달픈 삶을 내면적으로 증언하고, 이를 통해 삶의 의미와 올바른 삶의 방향이 어떤 것인지 인식해 보고자 한 것이다.

농기구는 용도에 따라 유형이 다양하고 각기 다른 얼굴을 지니고 있다. 이 가운데 어머니 모습이 떠오르는 '호미'를 먼저 선택 했다. 항상 안채 부엌 모퉁이 연기 자죽 흙벽에 걸려 있던 그 '호미'.

'버선코 흰 몸매 천상 조선 여인이구나/뾰족한 부리로 흙살 콕콕 찍어 씨앗집 짓고/여린 싹 발부리 틈새 잡풀만 골라 사근사근 뽑아내는 너는//

보드란 듯 질긴 심지 어머니를 닮았구나/그 나무뿌리 손아귀에 들려/불볕 찌는 속 잡곡 밥그릇 일구어/나 여기 자리하고 있느니//

호미 손자루 움켜쥐면/전율처럼 번져오는 그리운 손결'

호미는 버선코 같은 날과 손자루로 만들어져 풀 뽑기, 씨앗 심기에 사용되는 친숙한 농기구다. 어머니들의 농업용품이기에 사모곡 등 고려가요에서 보듯 어머니 또는 모정에 대한 그리움의 환유로서 사용돼온 대표적 농기구이다. 나는 호미를 보면 뙤약볕 속에서 밭을 매시는 어머니의 고단한 모습을 떠올린다. 힘든 고갯길을 넘겨주신 '어머니의 호미'가 있었기에 지금 내가 여기 있는 것이라는 생각을 가지고 생활 하고 있다.

아버지의 상징적 농기구는 '삽'이다. 「삽날에 기대어」란 시제로 아버지의 한생을 노래했다. 농부에게 '삽'은 일생을 함께하는 도반이자 마지막 친구라 할 수 있다. '아버지 어깨마루 타고 한평생 들판을 오가던 삽 한 자루'와 같이 평생의 벗이고, '논두렁 붙박여 서서 시름 함께 나누는 그림자'이며, 마침내는 '아버지 삽자루 손 놓아 버리시던 날/내 손에 들려 이승 끝 방바닥 곱게 다지고/관 위에 한 지게 흙눈물을 쏟아 묻는' 끝까지 함께 하는 도반인 것이다.

삶의 과정에서 삽은 '균형 잡힌 양 어깻죽지 든든하'게 '흙 가슴살 헤집으며/흙찰밥 한 사발씩 퍼 올리느니/그 자리에 우리 식구 밥상이 차려졌네'라 표현함으로써, 삽은 바로 '흙찰밥' '밥상'과 동의어 내지 등가물로 보았다. 그만큼 삽은 연장으로서 역할도 크지만 생명권, 생활권의 근본 상징으로서의 중요성을 갖는다 할 것이다.

내가 어렸을 때, 많이 저본 적 있는 '지게'는 나에게 특별한 의미를 갖는다. '지게'는 단순한 운송수단이 아니다. 「오늘도 지게 지고 걷는다」의 시에서 '지게'와 그 위에 얹힌 '짐'은 바로 고단한 삶의 상징이면서, 동시에 생의 객관적 상관물로서 의미를 지닌다. '등거리에 실려 다닌 내 지게 인생'과 '오늘도 천근 지게를 지고/터벅터벅 생의 외길목을 작대기 하나 걸어간다'에서, 우리의 현실 삶을 '지게와 작대기'로 표상한 것이다. 모두가 무게는 다르지만 삶의 짐을 등에 지고 생을 영위해 가는 것 아닌가.

또한 '지게'는 나에게 생의 교훈을 일러주고 깨우침을 준 상징물로서 존재한다. '세상사 힘겨우면 어깻죽지 눌러 신호를 보낸다/제발 짐 좀 덜어내라'고/한쪽 쏠려 기우뚱 중심 흔들리면/'수평 잡으라' 단호히 일러준 것이다. 살아가면서 온갖 탐욕을 버리고 균형을 유지하여 중심을 바로 잡고 사는 삶의 중요성을 '지게'에게서 배운 것이다.

이러한 방법으로 내 체험을 담아 28종의 농기구에 대해 〈농기구열전〉이라는 이름으로 연작시를 썼다. 〈농기구열전〉은 나의 이력서이며 농촌의 역사이며 근대화 과정의 한 발자취이다.

(수필시대 2015년 7/8월호 통권 63호)

나의 문학 나의 신앙

1. 문학 소년의 꿈

나는 시골에서 성장했다. 초등학생 시절에는 교과서 외에 읽을 책이 없었다. 겨우 『이솝동화』를 친구가 주어 반복해서 읽을 수 있었다.

나는 시를 좋아한다. 초등학생 시절에는 떠오르는 시상을 서투른 동시로 엮어 선생님에게 보이면서 내심 평가와 지도를 바랐다. 시제는 대체로 농촌생활 주변에서 흔히 대하는 자연현상, 즉 「짱뚱이」「물빤대기」 같은 것이었다. 선생님은 받아 보시고 가타부타 말씀 없이 돌려주는 것이었다. 나는 혼자서 동시 아닌 동시를 쓰면서 같은 자리에서 맴돌 뿐이었다.

내가 초등학교 교과서에서 감동을 받고 영향을 받은 시는 가람 이병기 님의 「별」이다. "저 별은 뉘 별이며 내 별 또한 어느 게오/잠자코 호을로 서서 별을 헤어보노라"의 시구는 땅만 보고 다니던 내 상상력을 우주로까지 확대해 주었고 내 가슴에 환상적인 꿈을 심어주었으며 뒷동산에 올라 밤하늘의 별을 헤어보면서 내 별을 찾아보게 하였다. 이것이 나의 시심을 일깨워 주는 것이었다.

나는 담임선생님의 권유로 공업중학교에 입학했다. 1학년 때 같은 방에서 자취하던 1년 선배가 가지고 읽던 『영미시선』을 읽었는데, 그 가운데서 로버트 브라우닝(Rovert Browning 1812~1889)의 「피파의 노래」가 마음을 끌었다. "때는 봄/날은 아침/아침 일곱시/산허리는 이슬 맺히고/종달새는 날고/달팽이는 아가위나무에서 기고/하느님 하늘에 계시옵나니/세상이 무사하여라" 얼마나 평화로운가?

또 중학교 때(1949) 최초로 사서 본 시집이 『동국학생시집 1집(東國學生詩集 1輯)』이다. 이 시집을 읽으면서 시에 매료 되어 열심히 시작(詩作)을 했다. 교내 문예반에 입회하여 지도 선생님의 문학에 대한 설명을 듣고 시를 써내 선생님의 시평를 받기도 하였다. 교지 《기건(技建)》에 시 「샛별이 적다고」가 수록되기도 했다.

나는 이공계가 맞지 않아 인문계 목포고등학교에 입학했다. 문학을 본격적으로 공부한 것은 고등학생 때이다. 강대진(영화감독) 최규섭(재일언론인) 친구들과 시 모임을 만들어 매주 한 차례씩 모여, 그간 읽은 시집에 관해서 의견을 교환하고 시 1편씩을 써와 서로 읽고 토론하며 평가를 했다. 함께 박화성, 조희관 선생님을 찾아가 문학에 대한 말씀을 듣기도 했다.

나는 방과 후 틈만 나면 책방을 한 바퀴 돌면서 『백록담』 『님의 침묵』『하늘과 바람과 별과 시』『현대시집』(1~4) 등 새 시집 헌 시집 가리지 않고 자취방 쌀을 팔아 시집을 사서 읽었다. 『시창작법』(서정주 외) 등 시작법 관련 서적과 『시론』(김기림) 등도 사서 공부하였다.

항상 주머니에 메모지와 펜을 가지고 다니며 시상이 떠오르면 즉시 메모를 했다. 잠자리에 들 때에는 기록 도구를 머리맡에 두고 시상이 스치면 바로 메모해 두었다. 〈시작노트〉를 만들어 시를 써서 차례로 정리를 해 두고 그 중에서 골라 투고를 하였다.

고등학교 1학년 때 강범우 선생님이 목포에서 발행하는 《학생주보》에 「촌 저녁」「노송」을 발표하였다. 강범우 선생님은 고등학교 3학년 때 '현대문' 교사로 부임하여 현대문 강의를 하면서 시적 상상력에 대한 언급도 하여 문학적 지평을 넓혀 주었고, 한국 현대문학사를 설명해 주어 문학의 흐름을 이해하는데 큰 도움을 주었다.

고등학교 1학년 때 교지 《잠룡(潛龍)》 창간호가 발간되었다. 나는 시 「할아버지」와 「시 소고(詩小考)」를 투고하여 수록했다. 시 「할아버지」는 해남 출신 이동주 시인의 시풍과 유사하다하여 편집책임자인 김성인 선배께서 확인 차 내 자취방에 들렸다. 당시 나는 이동주 시인의 시집을 발견하지 못하여 그의 시를 한 편도 읽지 않았다. 내 〈시작노트〉를 보여 주었더니 "이 시들을 다 직접 썼느냐?"고 물었다. 그렇다고 했더니 고개를 끄덕였다. 그리고 「시 소고(詩小考)」에 인용한 칼 붓세(Carl

Busse 1872~1918)의 시 「산 너머 저쪽」의 출처를 확인하였다. 나는 출처를 보여 주었다. 1학년 때 잠시 담임을 맡으셨던 차범석 선생님은 "무엇 하러 '시 소고'를 투고 했느냐?"고 말씀 하였다. 그 글에 "시만이 진실이다." 라고 역설 한 것이 거슬렸을 것이다. 고1 때 시에 대한 깊이가 옅으면서 「시 소고」를 투고 한 것은 만용이라는 뒤늦은 반성을 하게 되었다.

고등학교 2학년 때는 교지 《잠룡》에 시 「무제(無題)」를 투고 하여 실렸다. 선배 졸업생에게 주는 《메모리(MEMORY)》지에 시 「꽃가루 뿌리외다」를 수록 하였다. 3학년 때는 오로지 대학 입학시험에 집중하였다. 졸업 시에는 한국문예구락부에서 주는 '문학상'을 받았다. 서울대학교 문리과대학 정치학과에 진학하면서 가지고 있던 몇 권의 〈시작노트〉를 소각해 버린 것이 두고두고 후회된다.

대학생활을 하면서 가정교사를 했다. 학생 가르치랴, 학교 공부하랴, 고시 준비하랴, 나는 무척 바빴다. 그 속에서도 내 책장에 시집을 꽂아 두고 틈틈이 읽고 시상이 떠오르면 시를 쓰곤 했다. 박종화 선생님 댁을 방문하여 문학에 대한 말씀을 듣기도 했다. 양주동 교수의 강의시간은 빼지 않고 청강했다. 『흑산도』 작가 전광용 교수의 강의 시간도 열심히 참석했다.

2. 문화행정의 시행

고등고시 행정과에 합격하여 공직생활에 발을 디디었다. 시를 좋아해 행정을 함에 있어 문화예술 분야에 관심이 많이 갔다. 광주시장 때는 '시립교향악단' '시립무용단' '어린이 합창단'을 창단하였다. 무등산 산록에 김현승 시비 건립을 허가하고 제막식에 참석하여 축하의 말씀을 했다. 충효동 일대의 가사문학 보존에도 관심을 기울였다.

내무부 근무 시 '내 고장 뿌리 찾기' 지침을 시달하여 '내 고장 문화 가꾸기'에 역점을 두도록 하고, 시도의 '문화예술예산 확보'에 마음을 썼다. 안산개발계획 수립 시 상록수 주인공인 '최용신'의 집을 보존하도록 의견을 주었다.

전남도지사 때는 '지방문화의 창달'을 도정 4대 역점시책의 하나로 정하여 '전남문화발전10개년계획'을 수립, 문화예술의 가치를 정립하고 분야별 사업추진을 활발하게 전개하였다. 광주종합문화예술회관을 건립하고 도립국악단을 창단하는 한편 국창 임방울을 비롯 명창 박유전, 이날치의 기념비를 세워 기렸다. '향토문화총서'의 일환으로 사라져 가는 농요를 수집한 『전남의 농요』『전남의 문화와 예술』 등을 발간하였다. 이 서적들을 지금도 책장에 꽂아놓고 시를 쓰면서 떠들어보곤 한다. 중앙의 석학들을 초빙하여 '전남고문화 심포지움'도 열었다. 이런 과정 중 '문화도지사'라는 칭호를 얻기도 했다.

문화재 지정도 여러 곳을 했지만 잊을 수 없는 것은 영랑 생가이다. 《시문학》을 주도한 강진의 영랑 김윤식과 광산 태생인 용아 박용철의 생가를 찾아가 보았다. 용아의 생가는 자손이 상속하여 잘 보존하고 있었으나 영랑 생가는 여러 차례 매매되어 관리가 소홀할 뿐 아니라 문학도들의 탐방도 자유롭지 못했다.

강진 친지(양희택)로부터 영랑 생가가 3천만 원에 팔리고 내놓았다는 말을 듣고 즉시 서형환 강진군수에게 도비 3천만 원을 지원해 주면서 영랑 생가를 매입해 군유로 관리하도록 하였다. 이어서 영랑 생가와 용아 생가를 도 문화재로 지정하여 보존케 했다.

영랑시문학상은 《시와시학》의 발행인인 김재홍 교수께서 강진군의 지원 없이 3회까지 조촐하게 시상하였으며 2회와 3회 시상식에는 직접 참석해 보았다. 《시문학》 동인인 정지용문학상은 옥천군이 주최하여 매년 성대히 수여하고 있는데 그러하지 못한 영랑시문학상 수상 상황을 본 나는 황주홍 강진군수에게 연락하여 김재홍 교수와 함께 만나 군이 주최하는 영랑문학제 행사를 열면서 영랑시문학상을 수여하기로 합의 하였다. 그렇게 해서 4회 시상식부터 강진군의 영랑문학제가 성황리에 열리고 있다.

3. 시인의 길로

나는 시인이 되어 시를 쓰고 싶었다. 그래서 정계에 입문하여

의정활동을 하고 여러 당직을 맡고 있었으나 누구와도 상의 않고 2004년 3월 29일 정계를 은퇴하였다. 그동안 시상이 떠오를 때마다 써 놓은 시가 60편 가까웠다. 시단에 등단하기 위해 황하택 이사장에게 연락하였더니 시 15편을 보내 달라 했다. 시를 보낸 뒤 얼마 되지 않아 5편을 선정하여 《현대문예》 신인상으로 선정되었다. 나는 시인으로 처음 등단하게 된 것이다. 그리고 내가 가진 시를 다 달라 해 보내주었더니 중앙과 지방 문예지에 투고를 하여 여러 문예지에 게재 되었다. 이러한 과정 중에 중앙의 문인들을 알게 되었고 문단 관련 정보도 들을 수 있었다. 김재홍 교수를 알게 된 것은 2004년 10월 중순 경이다. 이때부터 김 교수의 시 공부 모임에 매주 참석하여 처음으로 시에 대한 다각적인 설명을 들을 수 있었다.

첫 시집을 발간한 것은 2004년 12월로 『담쟁이 넝쿨의 노래』이다. 그간 써 놓은 시를 시집으로 엮은 것이다. 시적 상관물에 대한 내 순수한 마음을 그대로 표현한 작품들이다. 2006년에 김남조 선생님의 추천으로 《시와시학》에 다시 등단을 하게 되었다. 그 뒤로 『자운영 논둑길을 걸으며』(2006), 『내 이름과 수작을 걸다』(2009), 『시간 고속열차를 타고』(2012), 『괜찮다 괜찮아』(2016), 『원점에 서서』(2018), 『상수리나무 교실』(2020), 시선집 『내 마음의 부싯돌』(2021)을 발간하였다.

『담쟁이 넝쿨의 노래』에 실린 「배롱나무」 시비가 2015년에 고향마을에 세워지고, 『괜찮다 괜찮아』에 수록된 「독천장 가는 길」 시비가 2016년 영암읍 기찬랜드에 건립되었다.

4. 나의 사상과 시 그리고 시간

나의 시는 내 사상을 서정적으로 형상화한 운율의 글이다. 내가 바라보는 세계관(世界觀)이 시의 밑바탕에 흐른다.

어렸을 적 밤하늘을 아름답게만 보아온 나는 성장하면서 무한대한 우주의 정연한 질서에 신비감과 경외심을 갖게 되었다. 그 배후에는 필시 이를 관장하는 창조주(신, 하느님, 조물주)가 있어, 보이지 않는 손길이 미치고 있을 것이라는 생각을 하고 있다.〈**우주관 (宇宙觀)**〉

자연은 춘하추동 계절 따라 변화하면서 저마다 지니고 있는 가지각색의 색깔을 내보인다. 이러한 자연현상을 관찰할 때마다 모든 생명체에는 혼(魂) 또는 신성(神性)이 깃들어 있을 것이라는 상념으로 범신론에 젖어든다.〈**자연관(自然觀)**〉

나는 한때 나의 존재에 대해 회의의 늪에 빠진 적이 있다. 광활한 우주 속에서 '나는 무엇인가?' '존재 이유는 무엇인가?'에 대해 고뇌한 것이다. 나는 찰나의 존재에 지나지 않지만 나 자체로서는 절대적 존재이다. 내 의지에 의해서가 아니라 타의에 의해 주어진 생명체이지만, 기왕 주어진 개체이므로 살아가는 것이 순리이며, 한 생의 주체가 되어 의미 있는 삶의 길을 모색해 나아가야 할 책무가 주어져 있다는 판단에 이르렀다. 그래서 나는 존재한다.〈**자아관(自我觀)**〉

인간의 능력에는 한계가 있다. 자유의지로 할 수 있는 영역은 제한적이다. 따라서 절대자(絶對者)에게 의지하고자 하는 심상이 유한한 인간의 속성이라 할 수 있다. 그래서 비나리, 기도, 기원을 통해 마음의 안정을 찾고, 소망하는 일이 이루어지도록 보이지 않는 구원의 손길이 펼쳐지기를 바란다. 아울러 '사랑'과 '자비'의 따스한 마음의 실천을 이웃에게 베푼다. 이를 적선(積善)이라 여기며 적선은 자신에게 돌아온다는 믿음을 갖는다. 사회구성원 모두가 '사랑' '자비'의 실행을 일상화한다면 지상의 평화(낙원)도 이루어질 수 있을 것이다.〈**신앙관(信仰觀)**〉

모든 존재는 시간을 벗어날 날개가 없다. 사람은 시간적 존재이며 시간의 궤도를 달리고 있다. 시간은 결코 나를 위해 멈추어 주지 않는다. 이 시간을 의미 있는 '나의 시간'으로 만드는 것은 각자의 몫이다. 따라서 가치 있는 삶을 위하여 힘을 기울여야 한다.〈**시간관(時間觀)**〉

나는 특히 시간을 중시한다. 그래서 나의 시에는 '시간의 시(詩)'가 많은 편이다. 「시간 고속열차를 타고」「초침」「지금」 등의 시가 그 예이다.

"시간은 누구에게나 똑같이 왔다가/기다림 없이 지나가 버리는 것/무명의 이 시간을 네 것으로 만드는 것은 오직 너 뿐/'걷는 자만이 앞으로 나아간다' 가훈 이어받아/분초를 하늘의 무게로 알고/너만의 힘으로 네 꼬리표를 붙여야 하리//…정직 성실 신의의 표지를 꽝꽝 못 박아/간이역에서 내릴 때 한 점 부끄럼이 없어야 하리" –「시간 고속열차를 타고」 부분

시간에는 초(秒), 분(分), 시(時)의 단위가 있다. 나는 '초'를 가장 중요하게 생각한다. 시계의 '초침(秒針)'이 하루를 움직이고, 지구를 움직이며, 나를 움직인다. 1초를 가벼이 여겨서는 안 된다.

"초속 궤도에 태워/나를 끌고 가는 것은/초침입니다//…나는 초침 따라 순간순간/깨우치며/버리면서/미지의 간이역을 향해 고동쳐 갑니다" -「초침(秒針)」부분

초침을 중시하는 것과 같이 '지금'을 중요하게 생각한다. 내가 있는 것은 '지금'이다. '조금 전'은 이미 지나갔고 '지금 이후'의 일은 아무도 모른다. 그러므로 일상생활에 있어서 '지금'을 중시하고 최선을 다해야 한다.

"나에게 주어진 시간은/지금이라네// …있는 땀방울 다 쏟아/지금을/알차게 채우는 것이/참삶의 길이라네" -「지금」부분.

내가 세상을 바라보며 형상화한 시들은 나의 이력이고 내 자서전이다.

(창조문예 2022년 10월호)

C형에게

C형 오랜만일세.

자네에게 글로 안부를 전한 것도 처음인 것 같네.

고향을 떠나 이국에서 잘 계시는가? 이젠 그곳 생활이 오히려 이곳 생활보다 더 몸에 익숙해졌을 것 같네.

고등학교 졸업을 하고 자네를 두어 번 만난 것 같네. 내가 전남도지사 시절 고향을 방문한 자네를 만나 많은 얘기를 나누었고 그 뒤 내가 공직에서 떠나 쉬고 있을 때 만났네. 항상 따스하고 평온한 자네의 모습이 머리에 남아 있네.

자네 근황은 간간이 간접적으로 전해 듣기는 하네만은, 이제 제일 중요한 것이 건강이네. 항상 몸조심하고 마음 편한 삶을 누려야 할 우리가 아닌가 싶네.

생각하면 고등학교 시절이 까마득한 옛날같이 느껴지네. 우리가 고등학교를 졸업한지도 45년이 됐으니 말일세. 나는 항상 긴 기간을 비교할 때는 일제 36년을 떠올리네. 그보다 더 오랜 세월이 지났으니 까마득하다 아니 할 수 있겠는가?

고등학교 다닐 때 자네와 나는 목포 대성동에서 지냈네. 자네 집과 내가 있던 곳은 가까웠었네. 그때 자네는 어머니가 오셔서 밥도 지어주시고 했지. 나는 정명여중 가는 쪽 골목 초가집 부엌방을 얻어 자취를 했었지. 공부를 해 보겠노라고 혼자 자취를 하면서 자네들과 같이 시작(詩作)을 한 것이 아름다운 추억으로 남아 있네.

아깝게 일찍 세상을 떠난 영화감독 마부로 유명한 강대진 친구와 같이 틈만나면 어울렸지 않는가. 지금 생각하면 강 감독은 그때 시를 써서 글 맨 끝에 성림(聖林 Holy Wood)이란 아호를 붙였는데 그때부터 영화감독을 꿈꾸었던 모양이야. 자네는 월곡(月谷)이란 아호를 붙였고 나는 임호(林湖)라 했지. 지금 생각하면 유치한 것 같지만 그런대로 멋이 있었지 않는가?

우린 각자 시를 지어 감상을 하면서 비평을 하고 토론을 하곤 했었지. 자네 시 가운데 「어머니」란 사가 마음에 흐뭇함을 주어 좋았었네. 대지같이 믿음직하고 한없이 넓은 마음의 어머니를 잘 표현했었네.

참 그때는 시에 심취해 길을 걸을 때나, 돌맹이 하나를 보거나, 벙거지를 쓴 거지를 보아도 시상을 떠올리곤 했었네. 밤에 잘 때면 머리맡에 종이와 펜을 놓고 자다가 꿈에 시가 지어지면 어둠 속에서 펜을 들고 종이에 마구 적기도 했었네. 방과 후면 그때 흔했던 헌 책방을 돌면서 마음에 든 시집이 있으면 자취방에 돌아와 쌀을 가지고 나가 팔아서 시집을 샀었네. 그리고 무조건 읽고 쓰고 했었지. 결국 당시 자네같이 같은 길을 걷는 좋은 친구들이 있었기 때문이 아니었겠는가?

　나는 내가 지은 시 가운데 가장 머리에 남는 것은 「할아버지」
란 시일세.

　우리가 고등학교 1학년 봄, 교련시간에 학교 운동장을 달려 돌
고 있을 때였는데 대성동에 있던 목포고등학교 운동장에서 보면
산정동 성당이 올려다보이지 않는가? 그 앞길에 한 할아버지가
앉아 우리의 젊음을 부러운 듯 물끄러미 내려다보고 계신 것이
눈에 들어왔네. 그때 나는 '할아버지'에 대한 시상이 떠올라, 돌
면서 머리로 시를 쓰기 시작했고, 집에 돌아가 밤에 그것을 글로
정리했네. 그 시를 새로 발간된 교지 《잠룡》 창간호에 투고 했었
네. 지금은 원고도 없고 이 시가 실린 교지 《잠룡》의 창간호가 모
교에도 비치되어 있지 않고 없어져 버려 아쉬움이 남네.

　우리 인간은 정상적으로 보면, 인생의 고락이 온몸에 각인되
어 할아버지로 돌아가지만 마음은 젊음 그대로 세상을 관조하
는 것 아닌가 싶네. 이렇게 되는 것이 삶이 아닌가? 이 시를 기
억나는 대로 적어 보면 다음과 같네.

　　깊은 산골
　　천년 묵은 고목에 인류사가 있다

　　할아버지 주름 잡힌 이마엔
　　인고의 연륜이
　　깊은 발자국을 남기고

하이얀 머리에는
숱한 풍상이 흩날린다

할아버지 굽은 허리엔
수많은 왕조(王朝)가 슬고 들고

입에 문 긴 담뱃대에선
회상의 연기가 피어오른다

이른 봄, 할아버지는
소년들의 뛰는 모습을
물끄러미 바라보고 있다
                                    -「할아버지」 전문

　그런데 C형, 우리 인간에게 가장 중요한 것의 하나가 기록을 남기는 것이라 생각하네. 그런데 고등학교 때 많이 써 두었던 〈시작노트〉 여러 권을 서울대 정치학과 합격 후, 그 자취방 부엌에서 모두 불태워 버렸네. 어리석은 짓이었지. 그대로 보관해 두었어야 했는데 말일세. 그때 옆에 있던 주인집 아들 P군은 목포기계공고 2학년이었는데 "형님, 불태우지 말고 나에게 주세요." 하고 애원하는 것도 뿌리치고 다 재로 날려버렸네. 다시는 그때의 시작 내용을 알 수 없게 만들어 버린 어리석음. 후회막급일세.

투고 했던 글이라도 찾아보려고 목포고등학교 교지 창간호와 2호를 구하려 했으나 고등학교에도 보관되어 있지 않다고 해서 실망이 이만저만이 아니었네. 창간호에는 시 「할아버지」와 「시 소고(詩小考)」가 실렸고 2호에는 시 「무제」가 실려 있어서였네. 그래서 나는 후배들에게 글을 많이 쓰고 없애지 말고 남기라는 말을 많이 하네. 생각해 보면 우리나라 사람같이 기록을 안 남기고 자료를 보관하지 않은 국민들도 문명국민으로서는 많지 않을 것일세.

C형, 얘기하다 보니 넋두리만 늘어놓은 것 같네 그려. 마침 오늘은 대학 입학을 위한 수능시험 소집일이고 날씨도 차갑네. 우리도 이맘때 전국적으로 처음 시행되는 대학입학자격시험을 광주에 가서 치렀었지. 합격자 발표까지 해놓고 무효화 시켜버린 기억이 떠오르네. 그때 우리는 교육정책의 부실에 대하여 신랄하게 비판했었지. 그런데 대학입학시험제도는 지금까지 장관에 따라 달라지곤 하니 천년대계여야 할 교육정책이 이래서야 되겠는가 싶네.

C형, 인간에게 값있는 것은 나에게 주어진 시간을 어떻게 의미 있는 것으로 만드느냐 인 줄 아네. 자신이 설정한 가치 있는 삶을 위해 이 세상에서 호흡하고 있을 때까지 열심히 살아가세. 정도(正道)를 선택해 걸으면서 말일세. 자네의 건강과 가정의 행복을 축원하네. *C형:최규섭 목고3회 재일 언론인, 영암 덕진 출신

(잠룡21 1999년 12월 15일)

길

내가 애송하는 시 가운데 특히 박목월 시인의 「나그네」를 좋아한다.

강나루 건너서
밀밭 길을

구름에 달 가듯이
가는 나그네

길은 외줄기
南道 三百里

술 익은 마을 마다
타는 저녁놀

구름에 달 가듯이

가는 나그네

       -「나그네」 전문

우리 인간은 나그네와 같다. 어느 길목에서 태어나 생활하다가 어느 길목에서 그의 길을 마친다.

사람이 일생 걷는 길에는 두 가지가 있는 것 같다.

우리가 일상 「다니는 길」이 그 하나이다. 이것은 눈으로 볼 수 있는 실제적인 길이다.

또 하나의 길은 「삶의 길」이다. 이 길은 보이지 않는 추상적인 의미의 길로서 다만 우리 인간의 행동이나 발자취만으로 감지할 수 있을 뿐이다.

어떻든 우리 인간은 두 가지 길을 걸으며 나아가고 있다.

생각해 보면 사람이 「다니는 길」도 애초부터 조물주가 창조해 놓은 것은 아니다. 사람이 생활의 필요에 따라 활동할 수 있도록 순전히 인간의 힘에 의하여 만들게 되었을 것이며 처음에는 샛길 이상의 길이 아니었을 것이다.

그러나 사람의 수가 많아지고 활동하는 범위가 차츰 넓어지면서 길은 커지고 지혜의 발달로 보행을 도와주는 차량류가 발명되어 이제는 몇 차선의 고속도로까지 이 지구 위를 쭉쭉 뻗어나가고 있다, 바야흐로 길의 시대를 방불케 해 준다. 그러기에 어느 누군가가 한 나라의 국력을 헤아리는 데는 그 나라의 도로망을 보면 알 수 있다고 하지 않았는가? 역시 산업의 발달은 도로망의 발달과 병행하기 때문이다.

우리는 이와 같은 길이 문명의 척도로 이루어지기까지에는 얼마나 많은 시간과 집념과 땀과 지혜가 투입되었을 것인가를 길을 걸을 때마다 느끼곤 한다.

길에는 여러 가지 형태와 더불어 역사가 흐르고 모래알같이 숱한 인생의 애환이 한없이 얽혀 있다.

혼자서 사색하며 걷거나 사랑하는 연인끼리 속삭이며 거니는 오솔길이 있는가 하면, 만나서는 아니 될 사람들이 우연히 맞부딪치는 외줄기 길이 있고 농촌의 넘치는 정경을 듬뿍 담은 아담한 토향길이 있는가하면, 근대화의 상징인양 날으듯 질주하는 자동차만의 아스팔트길이 있다. 또한 간혹 우리를 당혹케 하는 여러 갈래의 갈림길이 우리 앞에 가로 놓여 있기도 하다

우리는 인간 군상들 속에 끼어 어느 길인가를 걷고 있다. 이 같은 길은 만남과 헤어짐의 끊임없는 연속선이기도 하다. 정녕 이 길이 있기에 '회자정리(會者定離)'라는 옛 말이 생겨났는지도 모른다.

더구나 「삶의 길」은 처음부터 환히 열려 있는 것이 아니다. 사람은 누구나 성장 과정을 거치면서 자신의 길을 스스로 열어 나가야 할 행동 주체가 된다.

여기에는 가깝게는 가족, 친지로부터 멀리는 선인들의 발자취에 이르기까지 크고 작은 부축의 손길이 있기도 하겠지만 그러나 궁극적으로는 자신의 의지와 힘만으로 앞길을 설계하고 이를 실현하면서 헤쳐 나아가야할 숙명적인 존재이다. 그러므

로 「파스칼(Braise Pascal)」이 이른바 '이루어진 것을 보며' '이루어져야할 것을 생각하면서' 자신의 발걸음으로 나아갈 뿐인 것이다.

흘려야할 땀도 자신이 흘리고 과실도 자신이 따며 이루어진 결과에 대한 책임도 스스로 지면서 걸어가는 도정이 「삶의 길」인 것이다.

「삶의 길」은 사람마다 똑같지가 않다. 사람이 처한 시간과 공간의 위치에 따라서 평탄한 평원일 수도, 험한 비탈길일 수도 있으며 풍랑이 이는 바닷길일 수도 있다.

또한 어떤 경우에는 길의 방향을 잡는데 갈림길에 외로이 서서 고뇌에 빠질 때도 있기 마련인 것이다.

이러한 삶의 길목에서 고난의 껍질을 벗기고 자신의 길의 방향을 올바르게 잡아 성실과 용기로 자기 길을 꾸준히 열어 감으로써만 인간으로서의 가치를 빛내고 걸어온 길 위에 뚜렷한 그의 발자욱을 길이 남길 수 있을 것이다.

그러나 삶의 갈림길에서 방향 설정을 잘 못하고도 이를 바로 잡지 못 하거나 길을 열어가는 데 게을리 한다면 결코 탄탄한 「삶의 길」은 마련되지 않을 것이다.

「삶의 길」에는 나름대로의 목적 지점이 있고 또한 과정이 있다. 과정에서 있는 힘을 다하지 않는다면 목적 지점까지의 도달은 바랄 수 없다. 성실히 걸어서 나아가지 않고 목적지로 향하는 길을 갈 수 없기 때문이다.

그러므로 '걷는 자만이 앞으로 나아간다'는 것을 나는 나의 가훈으로 삼고 생활하고 있다.

(월간충청 1979년 송년호)

행복 찾기
-내가 추천하는 나의 시

미처 몰랐었네

그것이 행복인 줄을

하루치 땀방울 흠뻑 쏟아내고

둥지 들어 도란도란 어둠을 사를 때

지금 발 디딘 여기 이 자리

하찮은 일상에서 흐뭇함을 느낄 때

이 순간이 행복인 것을

뜬구름 잡으려 헤매는 무리들

오늘도 빈 하늘만 찾아 떠도네

가진 것 크든 작든

자리 높든 낮든 아무 상관없는 일

행복은 언제나

이름표도 색깔도 없이

지금 나 있는 여기

이 순간을 나그네로 서성이고 있네

　　　　　－「행복 찾기」 전문

　사람은 누구나 행복하게 살아가기를 바란다. 행복이란 삶의
보람을 느끼는 흐뭇한 상태를 말한다. 사람마다 세상을 바라보
는 마음의 창이 다르기 때문에 행복관이 모두 같을 수는 없다.

　그러나 분명한 것은 행복이란 우리 손에 잡히지 않는 무지개
가 아니라는 점이다. 사람이면 누구나 저마다의 가슴속에 품을
수 있는 현실적인 것이다. 행복에는 필요하고도 충분한 구성요
건이 있어, 이 요건이 충족되었을 때만 품을 수 있는 것도 아니
다. 행복은 지금 내가 있는 바로 이 자리, 일상생활 속에 있는
것이다. 결코 먼 곳에 때를 기다리며 도사리고 있는 것이 아니
다. 이를 말하고자 하는 시가 나의 졸작 「행복 찾기」다.

　나는 고등학교 때부터 독일 시인 '칼 부세'(Karl Busse)의 시
「산 너머 저쪽」(Over the mountains)을 애송해 오고 있다.

산 너머 저쪽 하늘 멀리

행복이 있다고 말들을 하기에

아아, 남들 따라 무리지어 찾아 갔다가

눈물 글썽글썽 되돌아 왔네

산 너머 저쪽 더 멀리에는

행복이 산다고들 말 하지만

－「산 너머 저쪽」 전문

저 산 너머 멀리에 행복이 있다고 사람들이 말해서, 무리지어 몇 굽이 산을 넘어가 보았지만 행복의 흔적을 찾을 수 없어, 눈물만 머금고 빈손으로 돌아왔다는 깨우침의 시다. 그래서 항상 나는 행복이란 내 둘레를 떠나 먼 곳에 있는 것이 아니라, 내 생활 속에 있는 것이라고 생각하면서 살아가고 있다. 내가 하는 일, 내 가정, 내 주위 사람들 속에 어울리면서, 그 안에서 삶의 보람을 느끼는 것이 행복이 아닌가 생각한다.

톨스토이는 인간은 행복을 추구하며 살아간다고 했다. 행복은 이론으로부터 얻어지거나, 어딘가에서 일부러 찾아내야 하는 것이 아니며, 시간과 장소의 제약을 받는 것도 아니라고 했다.

그렇다. 행복은 지금 내가 처한 환경 속에 숨 쉬고 있는 것이다. 하루 일터에서 힘껏 일을 하고, 노을을 등에 지고 집에 돌아와 가족들과 도란도란 얘기를 나눌 때 흐뭇함을 느끼지 아니한가. 애들이 옆에서 재롱을 피우는 것을 보면 기쁨의 샘이 솟구치지 아니 한가. 이처럼 내가 지금 맞는 모든 일상에서 흐뭇함이 충만할 때 그것이 바로 행복인 것이다. 그런데도 지금 있는 자리 아닌, 먼 어느 곳에 행복이 도사리고 있는 줄 알고 뜬구름 잡으러 헤매는 사람들이 없지 아니 하다.

행복은 사람마다 마음속으로 느끼는 절대적 가치이므로, 극히 주관적인 속성을 지니고 있다 할 것이다. 불가(佛家)에서 말하는 일체유심조(一切唯心造), 즉 내가 마음을 어떻게 먹느냐에 달려 있다. 분명히 행복을 느낄 수 있는 것임에도 불구하고 그것을 행복으로 느끼지 못 한다면 행복감을 결코 맛볼 수 없는 삶이 되고 말 것이다.

돈은 생활의 필수 요소이다. 그러나 돈을 많이 가졌다고 해서 반드시 행복한 것도 아니며, 재물을 적게 가지고 있다고 해서 반드시 행복하지 않는 것도 아니다, 적게 가지고 있으면서도 오순도순 살아가는 행복한 가정을 얼마든지 볼 수 있으며, 많이 가지고 있는 사람이 행복하지 못한 사례를 주위에서 흔히 볼 수 있다. 또한 사회적 지위가 높다고 해서 반드시 행복한 것도 아니며, 그 지위가 낮다고 해서 반드시 행복하지 않는 것도 아니다. 따라서 행복은 돈의 많고 적음, 세속적 자리의 높고 낮음과 비례하는 것이 아니다.

행복은 특정한 사람에게만 다가가는 것이 아니다. 행복을 받아들일 준비가 되어 있는 사람에게 언제든지 다가가기 위해 우리 주변에 형체 없이 서성이고 있는 것이다. 이 행복을 스스로 받아들여 내 것으로 만드는 것이 행복의 주인공이 되는 길이다. 따라서 항상 행복을 내 것으로 만든다는 마음가짐으로 살아가는 것이 중요하다.

(시와시학 2015년 가을호)

산사 김재홍 교수님을 그리며

    김재홍 교수님과의 만남은 행운이었다. 2004년 10월 19일 오후 혜화로터리 엘빈다방에서 처음 뵈었다. 개성 강한 지성인 인상이었다. 시를 쓰기 위해 2004년 3월 29일 정치를 정리한 뒤. 남모르게 써온 시로 광주 『현대문예』 2004년 삼사월호에 신인상으로 등단하고 시집을 출간하기 위해 『동방문학』 이시환 시인의 소개로, 뵙게 된 것이다. 이시환 시인은 시 10편을 가지고 만나 시집 발간을 상의해 보라면서 김재홍 교수님이 아무나 만나 주는 분이 아니니 그리 알고 대하라는 말까지 덧붙였다.

    김 교수님과의 대화는 순조로웠다. 내가 서울대학교 문리과대학 출신이란 점과 김 교수님의 은사인 정한모 장관과 내가 육초회 멤버라는 점에서 구면같이 가까워졌다. 담소 뒤 시를 보자고 해서 내놓았더니. 순식간에 훑어보시고 두 시에 동그라미를 치민서 오늘 시 공부 모임에 참석해 시 두 편을 내놓고 들어보라는 것이었다. 그때 나는 시집 발간에 대하여 문의도 미처 못했다.

김재홍 교수님과 함께 시 공부 모임에 참석했다. 시 공부 모임에 참석한 8~9명의 남녀 시인과 인사를 나누고 시 공부가 시작 되었다. 김 교수님께서는 시 강의를 해 주신 다음, 각자 가지고 온 시를 내놓으라 했다. 모두 한 편씩 내놓았으나 나는 두 편을 내놓았다. 모두에게 시를 읽어 보게 한 다음, 읽히는 시가 어떤 것이라 생각하느냐고 돌아가며 물었다. 내 시가 좋다는 분도 두 분이나 있었다.

처음 듣는 김 교수님의 시 강의는 신선했다. 시 한 편 한 편에 대해 일일이 평을 하시면서 즉석에서 수정해 주었다. 교수님의 손을 거친 시는 격이 달라져 보였다. 나는 계속 다니면서 시 공부를 제대로 해야 하겠다는 마음을 굳히고 있었다. 시 공부가 끝난 뒤 김 교수님께서 마음에 들면 시 공부 모임에 참석하는 것이 좋겠다고 말했다. 물론 동의 했다.

김 교수님께서는 시를 쓰려면 많은 참고서를 구비해야 한다고 강조했다. 국어사전은 물론 고어사전, 변말사전, 시어사전, 방언사전, 야생화, 곤충, 물고기, 수목, 광물 등 서적을 활용하라는 것이다. 나는 서점에 가서 이러한 서적들을 사서 서가에 꽂아놓았다. 그리고 지금까지 유용하게 활용하고 있다.

시 공부 횟수가 거듭될수록 김 교수님의 유창한 강의는 귀에 쏙쏙 들어와 박혔다. '시인은 민족어의 창조자라는 자부심을 가지고 우리말을 창조하여야 한다.' 또한 '시인은 세계의 자아화, 자아의 내면화, 내면의 심화를 하여야한다.' '시는 설명이 아니라 묘사다.' '토씨 하나도 불필요한 것은 지우는 언어의 경제를 명심하라.' '모범생같이 시를 써서는 안 된다. 반역자같이 충격적으로 써야한다.' '시인은 시의 형식이나 시어의 선택에 있어 자유인의 특권을 갖는다.' '시는 순간의 단면을 전광석화같이 포착하여 묘사하는 것이다.'…… 지금도 김재홍 교수님의 낭랑한 목소라기 귓전을 울리는 것만 같다.

김 교수님의 강의를 들으면서 시 쓰기를 익히고 문학계의 흐름과 시사(詩史)를 엮어온 발자취, 현재 활동 중인 시인들의 동향을 폭넓게 살필 수 있었다. 또한 시 공부를 하면서 많은 문인들을 대면할 수 있었는데. 김남조 선생님을 비롯한 원로시인과 많은 중진들을 만난 일은 내게 크나큰 수확이었다. 그리고 감남조 선생님의 추천으로 『시와시학』 2006년 가을호에 다시 등단하는 영광의 기회를 안았다.

김재홍 교수님께서는 나에게 〈농기구열전〉 연작시를 쓰도록 권했다. 「도리깨질」 「멧돌」이라는 작품을 썼을 때 농기구가 사라져 가는데 쓸 사람이 없으니 농촌출신이므로 연작시로 남기는 것이 좋겠다고 하시면서 〈농기구열전〉이라는 연작시 제목도 직접 지어 주었다. 그러면서 가지고 있던 『韓國農器具攷』(김광언 1986)를 건네주었다. 나는 바로 교보문고에 가서 『한국의 농기구』(박호식 안승모. 2001)를 구입했다. 그리고 일상생활에서 가장 가까이 접했던 「호미」 「삽」 「지게」부터 시작해 1차로 28편의 농기구 시를 써서 발표하고 다시 32편의 시를 써서 발표했다. 그리고 10편의 시를 추기로 써서 70편의 연작시를 완성했다. 이 연작시 『농기구열전』은 2022년 『서정시학』에서 단행본으로 발행했다. 이 시집은 김재홍 교수님에게 올리고 싶었으나 안타깝게도 그러하지 못한 아쉬움이 있다.

김재홍 교수님께서는 나에게 '시와시학시인회'를 조직해 운영해 달라는 부탁을 했다. 늦깎기로 시인의 길에 들어섰을 뿐 아니라 제반 여건상 이 일을 맡는 것이 합당치 않다고 생각했으나 교수님의 말씀이라 맡기로 했다. 얼마 후 몇 분과 상의하여 규약을 만들어 '시와시학시인회'를 발족했다. 그리고 주기적으로 임원회의를 개최하고 동인지를 발간하기로 했다. '시와시학시인회' 동인지 제1집 『변방의 북소리』(시학 2008)를 발간했다. 이 동인지에는 50명의 회원이 참여했다. 김재홍 교수님은 "최고보다 최선의 시인으로 발전해 가시길" 바라는 글을 창간호에 부쳐 전했다.

김재홍 교수님은 어려운 가운데서도 『시와시학』의 주관으로 '영랑시문학상'을 제정하여 소규모의 문학상을 운영하고 있었다. 나는 2회와 3회 시상식에 참석하는 기회를 가졌다. 『시문학파』의 일원으로 동시대 시인으로 명성을 떨친 정지용과 김영랑 중, 정지용 시인을 기리는 문학상은 옥천군에서 문학제를 개최하여 수여하고 있었다. 특히 정지용 문학제는 많은 시인들이 참석하는 가운데 성대한 잔치를 치렀다. 하지만 김영랑 시인의 경우는 그러하지 못해서 아쉬움이 있었다.

나는 전라남도 도지사 재직 시 영랑 생가를 다시 팔려고 매물로 내놓았다는 정보를 입수하고 곧바로 도비 3천만원을 강진군에 영달하면서 서형환 군수에게 영랑 생가를 군에서 매입하여 관리하도록 했다. 그리고 도 문화재로 지정하여 효율적으로 보존하도록 했다. 이후 나는 강진군 황주홍 군수에게 연락하여 영랑시문학상을 군에서 준비하고 주관하자는 제안을 했다. 그리고 이 과정에서 『시와시학』 발행인 김재홍 교수님과 함께 만나 협의할 시간을 갖자고 권고했다. 황 군수는 흔쾌히 동의했다. 그래서 나는 이 내용을 김재홍 교수님께 전하고 황 군수의 상경 일정에 맞추어 63빌딩에서 셋이서 만났다. 이 자리에서 모란꽃이 필 무렵에 강진군에서 영랑문학제를 열어 영랑시문학상을 수여하기로 합의 했다. 그리하여 제4회 영랑시문학상을 강진군에서 문학제와 함께 성대히 수여하게 되었다.

나는 김재홍 교수님의 강의를 들으면서 노트에 빠짐없이 기록해 두고 틈이 나면 다시 읽어보곤 했다. 많은 기간 강의를 들어 어느새 내 몸에도 김 교수님 투의 말이 배어 무의식적으로 튀어나온다. 내가 참여한 시 공부 모임은 김재홍 교수님께서 강의하실 수 있을 때까지 계속되었다. 그런데 이제 김재홍 교수님의 '부재(不在)'라니 실제 같지 않은 착각을 일으키기도 한다. 김 교수님의 영혼이 배인 『시와시학』, 내가 등단한 시의 둥지 『시와시학』이 김재홍 교수님의 생존 시처럼 명성의 빛이 이어지기를 기원한다.

(시와시학 2023년 가을호)

낡은 시작노트장을 넘기며

고등학교를 졸업한 것이 1954년 초이다. 되돌아보니 밤하늘의 별자리만큼이나 아득하다. 70년의 풍상, 흘러간 세월이 지천명(知天命)을 넘어 이순(耳順)에 접어드는 기간이다. 그 안에는 수없는 삶의 굽이굽이에 맺혀 있는 나의 자화상이 얼룩져 있는 것만 같다. 그리움도 아쉬움도 아슬아슬함도 처절함도 답답함도 즐거움도 함께 엉켜, 억새의 하얀 꽃이삭으로 피어나, 드높은 가을 하늘을 향해 하늘하늘 손짓하는 느낌이라고나 할까. 이따금 '잃어버린 시간을 찾아서' 지나가 버린 흔적을 더듬거려보기도 한다.

회상해 보면, 중고등학교 학생시절이 가장 자유자재로웠던 시기였던 것 같다. 친구들과 허물없이 어울리며 토론을 하고, 한 줌도 안 되는 식견을 자본으로 삼아 거창하게 문학과 인생을 논하고, 손에 닿는 대로 책을 읽고, 내 생각을 두려움 없이 대담하게 글로 표현하던 시절이 아닌가 싶다.

지나간 한 시점에서 내가 세상을 어떻게 바라보았으며, 이에 대해 어떠한 생각을 했었는가는, 그때 써 놓은 글이 있다면 그 글을 통해 어렴풋이 알 수 있을 것이라 생각된다. 왜냐하면 글은 당시 처한 상황 하에서 자기 내면의 표현이기 때문이다. 더군다나 솔직담백한 중고등학생 시절의 글이라면, 생각을 가식 없이 나타냈을 것이기 때문에 더욱 그러하다. 나는 세월이 짓밟고 가 버린 낡은 노트장을 뒤적이다가, 문득 두 편의 시에 눈이 끌렸다.

그 하나는 고등학교 2학년 말에 쓴 시다. 이 시는 "고등학교 2회로 졸업하는 이백 마흔 두 분 형님들의 앞날을 축복" 하기 위한 편집물인, 『MEMORY』 맨 뒷장에 실려 있다. 또 하나는 중학교 3학년 말에, 졸업하는 선배님들이 기념으로 한마디 써 달라고 해서 쓴, 짧은 시 한 편이다. 당시에는 졸업하는 선배님들이 후배들로부터 글을 받아 한 책으로 묶어, 기념으로 가지는 풍조가 있었다.

지금 찬찬히 들여다보면, 글이 매끄럽지 못 할 뿐만 아니라 어딘가 치기도 깔려 있는 것 같다. 그러하지만 그 글을 읽으면서, 그때 내가 세상을 바라보는 시각이 어떠했는지, 생각의 중심이 어디에 있었는지를 가늠해 볼 수 있어, 혼자 쓴 웃음을 짓기도 했다. 그러면서 내가 당시 선배님들에게 감히 바랐던 대로, 나도 그렇게 살아왔는지 돌이켜 보면서, 부끄러움이 얼굴에 가득 찼다.

고등학교 2학년 때 지은 시는 「꽃가루 뿌리외다」이다. 이 시를 쓰게 한 사람은 『MEMORY』의 편집 책임을 맡아 작업을 했던, 내가 좋아하는 장성수 친구이다. 그는 당시 문학에 심취해 독서를 많이 했으며 문장력이 뛰어났다. 그는 나더러 졸업을 하게 되는 선배님들을 위한 시 한 편을 쓰라는 것이었다. 나는 시 공부를 한답시고 강대진, 최규섭 친구들과 어울려 시작연습을 하면서, 서로의 작품을 평가 토론하는데 열을 올리던 시절이었다. 일정한 목적을 정해서 시를 쓴다는 것은 어려운 일이었다. 어디에 촛점을 맞추어 쓸 것인지 구상하는데 힘이 들었다. 쓰기는 써야 하겠기에 고민고민 하면서 쓴 시가 이 졸작이다. 써 놓고도 흡족한 생각이 들지 않았다. 그러나 무엇을 말하고자 하는가의 주제만은 뚜렷이 하면서 썼다.

흐르는 시간 위에
꽃가루 뿌리외다

애초 순진한 태를 입은 영아였기
직선을 그어야할 무리들이
오늘은 곡선을 그은다

인성을 모독하는 사기한 속에
약자의 울음, 달빛 아래 서긇다

별들은 찬연히 비치는 것을
이곳에도 眞善美가 있었더뇨?

色 많은 누리에서
가냘피 스미는 소리
-참된 무리의 부름-

色을 지워야 할 그대이기
天然한 시간 위에
꽃가루 뿌리외다

　　　-「꽃가루 뿌리외다」 전문

　가슴이 이글거리는 젊은 고교시절이었기 때문에, 나도 세상에 대해 무던히 비판적이고 부정적인 시각을 가지고 있었던 것 같다. 현실을 바르게(직선) 이끌어가야 할 지도자들이 그릇된 길(곡선)로 가고 있어, 그늘진 곳에서 허덕이는 민초들만 짓눌려 신음하고 있다고 본 것이다. 순수해야 할 이 세상이 약육강식의 부조리가 만연하여, 혼탁(色)해지고 있다는 현실인식을 하고 있다.

　이 팍팍한 상황에서 이를 바로 잡아줄 참된 일꾼을 부르는 소리가 가냘피 들리고 있으니, 널리 퍼진 부조리를 말끔히 씻어내어, 밝은 세상을 이룩해 내는 참된 지도자가 되어 주십사 하는 내용의 시이다. 당시 젊은 학생이라면 누구나 같은 눈을 갖지 않았을까 생각해 본다. 다양한 사람들이 모여 사는 세상인지라, 순수한 젊은이들이 상상하는 진선미의 세상을 바랄 수는 없지만, 지도자들이 그곳을 향하여 매진해 주기를 바라는 소망은, 항상 젊은 가슴에 있기 마련이다.

중학교 때 졸업하는 선배님들에게 드린 시 「샛별이 적다고」
는, 당시 중학교 졸업반이던 서정수 선배(전 한양대학교 교수)
께서 목포공업중학교 교지 《技建》에 실었다.

샛별이 적다고
양떼들 맞대이고 말하는 누리에
너는 태어났다

땅 위에서 태어나 땅 밑으로 묻혀들
광음의 안타까운 줄기를 타고
보람이 뛰노는 이상향으로

정의 진리의 한길을 개척하는
샛별이 되리
　　　　　－「샛별이 적다고」 전문

여기에서도 참된 지도자(샛별)가 적다고 민초들(양떼들)이 숙
덕이는 현실에서, 정의와 진리의 길을 개척해 가는 참된 지도
자가 되어 달라는 부탁을 드리는 글이다.

앞의 「꽃가루 뿌리외다」와 「샛별이 적다고」에서 세상을 바라
보는 눈빛이나, 참된 지도자가 되어 달라는 요망은, 같은 맥락
이다. 이 세상에 이상향이 현실적으로 어디 있겠는가? 그러나

이러한 세상을 만들기 위하여, 뜻 있는 지도자나 사상가는 꾸준히 있어 왔다. 한 사람 한 사람의 참된 지도자들이 밝은 세상을 만들기 위하여 힘을 기울인다면, 보다 나은 세상을 만들 수 있지 않겠는가? 그러므로 가슴이 뜨거운 젊은이들은 꾸준히 참된 지도자를 갈구할 것이다.

고등학교 1학년 때 목포에서 《학생주보》가 발행되었다. 발행인은 강범우 선생님이었다. 나는 김재영 기자(해남 출신)의 소개로 강범우 선생님을 뵈었고 시에 관한 얘기를 나누었으며 시 「노송(老松)」과 「촌 저녁」을 《학생주보》에 게재 했다. 「노송」은 친구 최재화의 안내로 구림에 가서 회사정 정원에 서 있는 우아한 노송을 보고 쓴 시다. 「촌 저녁」은 고향 밤을 그려 본 시다.

촌 저녁

언제나 그윽한 저녁이 오면
습성인양 아련한 단란이 와요

엄마도 동생도
초롱불이 유인하는
초가집 삼간 방에
호담스런 옛 이야기
도란도란----

추억은 밑 모를 샘처럼 솟으오.

지꺼릴 줄 모르는 묵(默)스런 호수엔
뮤-즈의 뿌린 금가루
아롱지게 무늬 놓아
밤새워 찬란하다.

고요한 하늘가에
별똥 하나 멀-리 밤을 새긴다.

(學生週報 1951년 2월 22일)

　시골에서 넉넉하지는 못하지만 땅을 일구면서 온 식구가 오
순도순 함께 살아오던 시절, 힘겨운 낮일을 마치고 저녁이면
초롱불 둘러 앉아 도란도란 얘기를 나누던 그리운 농촌 풍경이
떠오른다. 하늘호수엔 금가루 뿌려놓듯 별들이 총총 반짝이고
별똥 하나 밤하늘을 가른다. 시작연습을 하면서 써놓은 시에서
지금은 사라져버린 고향 「촌 저녁」이 그리움으로 생생히 살아
난다.

(비롱 2011년 1월)

2부

따끔한 충고 한 마디

고등고시 행정과에 합격하고 전라남도 수습행정사무관으로 발령을 받았다. 광주에 내려가는데 배웅해준 친구 박의재 교수(고교동기)는 나에게 한 가지 타일렀다.

"석홍아, 너 이제 공무원이 됐으니 정부 비판 그만 해라." 하는 것이었다. 뜻밖의 충고였다. 매일 마나는 친구가 평소에는 전혀 말이 없다가 공무원이 되는 나에게 준 따끔한 한 마디는 공무원 생활을 하는 동안 내 뇌리에 깊게 자리 잡고 있었다.

나는 평소 매우 비판적인 성격이었다. 그른 것을 보고 못 견디하며 서슴없이 이를 토해 내곤 했다.

정부에 대한 나의 부정적 시각은 군림하던 시대에 자라면서 형성 되었고 여기에 언론보도를 통해 접한 시책 비판과 부패사례 등이 영향을 미쳤을 것이다. 그리하여 공무원은 힘이 있고 일반 국민은 힘이 없다는, 이분법적 대립각으로만 사고의 틀이 짜여진 결과였을 것이다.

공무원 세계를 밖에서만 보아 오다가 그 조직 속에 직접 들어

가서 보니 세 가지 점을 발견할 수 있었다.

첫째, 공무원들도 보통사람들로 구성된 집단의 일원이라는 점이다.

대부분의 공무원은 열심히 일을 하는 보통사람들이었다. 주어진 일을 처리하기 위하여 근무시간을 넘기는 공무원도 많았다. 시책을 입안, 집행하며 현장을 확인 점검하는 일에 온 힘을 쏟는 모습을 흔히 볼 수 있었다. 민원을 신속히 공정하게 처리하려 머리를 싸매는 공무원이 눈에 띄었다. 공무원은 국민이 부담하는 세금으로 봉급을 받으면서 국민을 위하여 봉사하는 책무를 지고 있는 공인이기 때문에 이것은 너무나 당연한 일이기도 하다.

물론 본분을 망각한 일부 공무원이 없지 않다. 업무를 게을리하는 공무원, 부정의 유혹에 흔들리는 공무원, 봉사보다는 군림하려는 공무원, 공정하게 업무를 처리하지 않는 공무원, 공과 사를 구분 못하는 공무원 등이 그 사례들이다. 그러나 이는 극소수 부분에 속한다.

잘 못 된 공무원의 자세를 바로잡기 위해 근무평정과 자체 감사 부서가 있고 상위 감사기관이 있으며 사법기관의 칼날이 있다.

둘째, 공무원들은 실무면에서 전문성을 지니고 있다는 점이다. 나는 지금까지 행정법, 행정학 등을 공부했지만 실무에 그대로 적용되는 것은 아니었다. 사안을 판단하는데 기준이 될 뿐이었다.

업무처리는 그냥 이루어지는 것이 아니다. 절차와 방법이 있다. 머리를 찌내어 입안을 하고 분야별로 있는 법령과 조례, 규칙을 찾아 사안에 적용하면서 합법성과 합리성 판단을 해야 한다.

고시에 합격했다고 해서 자동으로 업무처리 능력이 주어지는 것도 아니다. 수습 과정 중 가르쳐 주는 사람은 아무도 없었다. 실무능력이란 일에 부딪쳐 일 처리 과정에서 축적된 체험적 결과물이므로 꾸준히 자기노력을 경주해 '나의 것'으로 만들어 나가는 길 밖에 없었다.

따라서 나는 백지상태에서 출발하여 겸손한 자세로 실무를 익히고 업무처리 능력을 쌓지 않으면 안 된다는 생각을 가지게 되었다.

셋째 공무원에게 가장 중요한 것은 안정된 가운데 일할 수 있도록 사기를 진작 시키는 일이다. 사기 진작책 중 핵심이 되는 것은 원칙에 입각한 공정한 인사이다. 공무원은 업무의욕이 강하고 명예를 중시하기 때문에 능력에 상응하여 자리를 배치하고 승진기회를 부여하는 것이 전체 업무의 효율성을 제고하는 길이기도 하다.

공무원은 국가발전의 원동력이고 국력의 구성요소라고 표현하는 것은 틀린 말이 아니다. 특히 개발도상국가에서의 공무원의 역할은 크다 할 것이다. 그러므로 공무원은 지위 고하를 막론하고 스스로 그 직위의 중요성을 자각하고 주어진 책무를 다하여 나라와 지역에 기여하도록 하여야 할 것이다.

나는 공무원 세계에 들어가 내가 직접 보고 느끼면서 나에게 형성된 인식이 얼마나 사실과 거리가 있는 것이었는지 깨달으며 정부와 공무원을 보는 눈을 바꾸게 되었다. 공직생활을 하면서 내 마음속 깊이 이를 새겨두고 하나의 가늠자로 삼았다. 그리고 새로 공무원의 세계에 입문하는 후배들에게 이와 같은 나의 인식 과정의 전환을 설명해 주곤 했다.

(1995년)

겪으며 닦으며

내가 공무원을 시작한 것은 우리나라 개발연대였다. 행정목표의 성취가 주요 가치로 인식되었으므로 행정의 수행에 있어 능률성과 효율성이 강조되는 시기였다.

도지사의 산하조직에서 실무를 수습하고, 한 과의 책임자로서 소관 업무를 기획, 집행하는 직위에 있었다. 많은 행정 체험을 갖지 못한 채, 예기치 않은 시행착오를 교훈으로 삼으면서 행정의 계단을 쌓아 나갔다.

업무처리의 기본자세는 매사에 최선을 다 하고 약자를 보호하며, 힘에 의한 부당한 영향력을 배제하는데 두었다. 이를 배제하는 데는 결단력과 용기, 실무능력이 필요했다. 호가호위를 분별해 내는 지혜도 있어야 했다.

나는 매사에 너무 직선적이었다. 옳고 그름, 할 수 있는 것과 할 수 없는 것, 해서는 안 될 것과 해도 괜찮은 것을 명백히 하는 것은 옳은 일이지만 그것을 표명하는 데는 때와 장소를 구분해야 하고, 외적 표현 방법에는 기술이 필요하다. 여러 간부가 배석한 자리에서 장(도지사)의 의견과 다른 주장을 고집하다가 "전가(傳家)의 보도(寶刀)를 빼 볼까"라는 농 반 진 반의 말을 들은 체험도 했다.

기초자치단체의 장을 역임하면서 많은 것을 겪고 닦을 수 있었다.

자치단체의 장은 나름대로 구상을 가지고 지역개발을 하고 주민에게 봉사하고자 한다. 보조기관은 실현 가능성을 검토하고 시행방법을 강구하여 집행하게 된다. 만약 보조가관이 이의 실현 가능성이 희박하다고 판단될 때에는 대안을 제시하여야 한다. 이것이 행정수행상의 한 기법이다.

자치단체의 장은 혼자 일을 하는 것이 아니다. 조직을 구성하고 있는 공무원들을 지휘하며 전체적 책임을 지고 업무수행을 하는 것이다. 그러므로 혼자 깨끗하고, 혼자 열심히 일을 한다고 해서 장으로서의 책무를 다 한 것은 아니다. 그러므로 행정목표를 달성하고 공무원들이 본분에서 일탈하는 사례가 발생하지 않도록 지휘감독을 하는데 최선을 다 하여야 한다. 따라서 주요 사안에 대하여 지속적인 강조와 수시 점검, 현지 확인이 부단히 이루어져야 한다.

공무원들은 장이 어디에 역점을 두고 행정수행을 하는가를 파악하여 거기에 힘을 기울이는 성향이 있다. 장의 움직임에 민감하고 유의하는 속성이 있기 때문이다.

경우에 따라 자치단체의 장은 한 가지를 알고 있으면서도 열 가지를 알고 있는 것 같이 행동해야 할 때가 있으며, 반대로 열

가지를 알고 있으면서도 한 가지 밖에 알고 있지 못한 것처럼 처신해야 할 때가 있다. 지휘하는 사람이 업무추진 현황과 공무원의 업무수행 상황을 알고 있다는 인식이 관련공무원들에게 배어있어야 지휘에 도움이 되며, 경우에 따라서는 모른 것 같이 해야 관련공무원의 사기를 떨어뜨리지 않기 때문이다.

자치단체의 장이 패기 넘치는 젊음이 있으나, 행정경험이 충분하게 축적되지 않은 시기, 사업을 계획하고 집행할 때 의욕이 충만하여, 행정의 성취만을 목표로 기교 없이 일을 추진해 나가는 경향이 없지 않다. 업무추진 중에 문제가 발생한다면 시정하면 된다는 생각으로 결과만 보고 진행하는 것이다. 행정의 과정보다는 성취에 비중을 두고 "결과는 과정을 순화한다"는 신념으로 일을 하는 것이다.

행정에서 중요한 것은 같은 일을 하면서도 주민의 불편을 최소화 하면서 소리 나지 않게 일 하는 것이다. 그렇게 하기 위해서는 행정과정을 중시해야 하며 이른바 "그릇을 깨지 않고 목적지에 도달"하는 통찰력과 슬기로움이 있어야 한다. 일의 추진 과정 중에 파생될 수 있는 문제점은 미리 예측하여 해소해야 하고 열매를 거두려는 것보다 "씨를 뿌린다"는 마음가짐으로 행정에 임해야 한다. 일정 직위에 있는 '공무원은 유한하나 행정은 영원하다'는 사고가 중요하다. 지방행정은 주민을 위한 행정임으로 주민을 보고 주민의 의견을 수렴하면서 추진하는 행정이어야 주민의 호응을 얻는 행정이 되는 것이다.

(1995년)

행정은 기술(art)이다

　도지사로 부임하면서 행정과정을 거치며 배우고 느낀 것을 자산 삼아 내 자신의 행정철학(行政哲學)을 정립하여 고향인 전남의 행정 책임자로서 있는 힘을 다 하여, 일을 해야 하겠다는 결의를 굳혔다. 일을 잘 한다는 평가보다는 잘 못하고 있다는 말을 듣지 않도록 올바른 행정을 해야 하겠다는 생각을 가지고 직무에 임했다.

　행정은 혼자 하는 것이 아니다. 행정조직을 통해서 하는 것이다.

　따라서 조직구성원의 사명감과 능력이 중요하다. 그러므로 공무원의 사명감을 고취해야 하고 전문성과 능력을 감안하여 공정하게 인사를 배치하는 것이 업무 수행을 원활하게 하는 기초가 된다. 특히 문화예술 등 전문분야는 창의성과 취향도 고려되어야 한다.

　행정은 공무원만으로 이루어지는 것이 아니다. 공무원의 전문성에는 한계가 있기 마련이다. 과학·기술의 발달과 행정환경의 변화에 따라 분야별로 고도의 전문성이 요청된다. 그러므로 분야에 따라 전문가의 행정참여 기회를 확대해야 한다. 전문가의 활용 방법으로는 위원회를 구성하여 활용하거나 개별적인 자문을 받거나 업무를 위탁하여 처리하는 등 여러 가지 방법이 있을 수 있다.

지방자치시대의 행정주체는 공무원만이 아니라 주민도 그 주체가 된다. 행정의 성과는 지역과 주민에게 귀속되므로 행정의 계획과 추진에 대하여 주민은 이해관계를 가지게 된다. 따라서 행정의 대상에 따라 관련 있는 주민을, 의사결정과정에 참여시켜 의견수렴을 하는 것은 중요한 일이다. 아울러 행정의 추진 과정 중 주민참여와 감시기능 강화도 필요하다. 이와 같은 조치는 행정과정을 중시하는 행정의 민주성에 부합한 원칙이기도 하다.

행정은 이를 수행하는 행정기관이나 공직자를 위하여 수행되는 것이 아니다. 국가와 지역, 국민과 주민을 위해서 영속되어야할 공적행위이다. 그러므로 행정조직의 직위에 있는 공직자는 재임기간 중 성실한 관리자로서의 자세를 견지하고 장기적 안목으로 업무계획을 수립, 추진해 나가야 한다. 따라서 행정 책임자가 "내 임기 내에 열매를 거두어야 하겠다"는 이기적 사고로 단기적 행정을 수행하여서는 결코 안 된다. 종자를 착실하게 뿌려 가꾸어 나간다는 "씨뿌리는 행정"이 되어야 한다. 뿌려놓은 씨앗이 움이 돋고 성장하여 열매를 맺어 수확을 하는 것은 어느 공직자가 하드라도 관계가 없는 것이다. 앞을 내다

보고 하나하나 착실히 사업추진을 해 나가는 것은 공직자의 본분이다.

행정과정을 통하여 성취되는 업무는 계획과 집행과정을 거쳐 마무리 된다. 업무는 마무리 될 때까지 질적 양적 측면에서 문제된 부문이 없도록 치밀하게 대처해야 한다. 그런데 누구나 큰 것은 쉽게 볼 수 있다. 누구나 눈에 보이는 큰 것은 해낼 수 있다. 문제는 보기 힘든 미세한 부문을 살피고, 마무리를 잘 하는 것이다. 누구든지 일의 99%까지는 해낼 수 있으므로, 업무수행에 있어서 차이점이 생기는 것은 1%의 마무리를 하는데 있다. "1%행정"을 제대로 하는 공무원이 우수한 공무원이다.

행정은 모든 사람에게 100% 충족시키기 어렵다. 공적목적을 달성하거나 다수의 이익을 위하여 반드시 수행하지 않으면 안될 객관적인 사유가 있음에도 불구하고 소수의 반대로 업무추진이 이루어지지 못하는 사례가 있어서는 안 된다. 따라서 이해관계를 갖는 다수 주민의 동의를 받을 수 있는 일은 추진해야 한다. 다만 행정수행에 반영할 수 있는 소수의 의견은 수렴하고 그렇지 못한 것은 이해를 시키는 노력을 기울여야 한다.

지방행정은 주민에게 이익 또는 편의를 제공하는 적극행정이며 급부행정이다. 주민의 증가하는 행정수요에 대응하여 공급을 산출하는 기능을 한다. 지방자치단체의 주인은 주민임으로 주민의 요구는 주민 편에 서서 긍정적으로 해결되도록 노력해야 한다. 그런데 업무처리에는 법규와 방침, 공익이라는 제약이 있어 부득이 주민의 요구가 수용되지 않는 경우가 있다.

주민의 요구가 해결될 수 있으면 지체 없이 조치함으로써, 긍정적으로 해결해 주면서도 불평을 사는 일이 없도록 해야 한다. 또한 부득이 긍정적으로 조치해 줄 수 없는 경우에는 민원인이 고맙게 생각할 수 있도록 진지하게 해결해 주려 노력하고, 해결되지 않는 이유를 설명하여 충분히 이해를 구하면서, 필요하다면 대안을 제시해 주는 친절을 보이는 "인정이 통하는 행정"이어야 한다. 이것은 민원인의 입장에서 보면 그 공무원이 "내편"이라는 인식을 갖게 하는 것이며, 행정의 신뢰를 가져오게 한다. 이러한 행정자세를 "심리행정"이라 할 수 있다.

사람에게는 형성된 이미지가 있다. 공무원도 공직생활과 업무처리를 함에 있어, 형성된 이미지가 있다. 이 이미지를 가지고 그 공무원을 평가하는 기준으로 삼는 경우가 많다. 따라서 공무원에게는 긍정적인 이미지 형성이 중요하며, 특히 행정책임자의 이미지는 소속 자치단체의 전체 이미지에도 영향을 미침으로 평상시 청렴성, 경청성, 공정성, 형평성, 건전한 판단력, 추진력 등 필요한 덕목을 갖추도록 노력하여야 한다.

인간은 시험의 연속이다. 행정도 시험의 연속이다. 인간의 평상시 생활행태, 업무처리 방식, 대민관계 등 모든 행동 하나하나는 직장에서나 생활터전에서 주변 사람들에 의해 평가되고 있다. 마찬가지로 행정도 순간순간 주민에 의하여 평가된다. 주민에게 한순간 불편함을 주거나, 불친절하게 되면 행정 전체에 대한 부정적 평가로 돌아온다. 그러므로 '순간을 중시하는 행정'을 하여야 한다.

행정수행의 대상은 잘 되고 있는 곳이 아니라 행정의 손이 잘 미치지 않은 '그늘진 곳'이어야 한다. 어려운 상황에 처한 사람들을 보살피고, 생활여건이 좋지 않은 곳을 찾아 보다 나은 생활환경을 조성해 주는 것이 참 생활행정이다.

물질적이고 가시적인 곳에는 행정의 눈을 돌리기 쉬우나 정신적이고 비가시적인 분야에는 소홀히 하는 경향이 없지 않다. 이것은 잘 못 된 방향설정이다. 정신적인 분야인 문화예술에 지방행정의 눈을 돌리고, 내 고장의 전통과 뿌리를 찾아 보존 전승하는 것은 내 고장에 대한 긍지를 심어주고 지방자치의 기초인 애향심을 고취시키는 것이다.

행정은 아이디어로부터 출발한다. 아이디어는 교과서에서 나오는 것이 아니라, 현장에서 나온다. 현장은 행정이 이루어지고 있거나 이루어져야 할 장소적 개념이며, 여기에는 생활터전에 있는 주민, 그리고 이들과 일상 직접 접촉하는 일선공무원을 포함한다. 현장에 나가서 직접 살펴보고 주민 및 일선공무원과 대화를 통해 의견을 청취해 보아야 생생한 행정아이디어가 발굴되며 효과적인 행정기법이 창출된다. 시장 군수가 지역실정에 알맞은 행정을 수행하기 위해서는 지역을 정확히 파악하고 있어야 하며, 지역을 알기 위해서는 수해가 났을 때 현장에 가 살펴보아야만 알 수 있다는 말은 결코 과장된 표현이 아니다.

행정공무원의 보고는 하나의 정보(情報)다. 이 정보는 왜곡된 것이어서는 안 된다. 있는 그대로 보고가 되어야 정확한 판단을 할 수 있다. 이따금 중간 관리층에서 그 생생한 정보를 선택 요약하는 과정에서 다른 의미의 것으로 변질되는 경우가 없지 않다. 이러한 점에서 정보에 직접 접하는 하위직 공무원과의 허심탄회한 대화는 의미가 크다.

하나의 정책 판단에는 여러 가지 정보가 필수요소이다. 여기에 필요한 정보는 모두 수집 되어야 한다. 이 정보는 가치가 다 같은 것이 아니다. 이 정보 중 어느 것이 더 가중치가 높은가를 판단하는 것이 중요하다. 이것을 가지고 정책결정을 하는데 그 중 하나가 결정적 요인이 될 수도 있다. 또한 정책결정에 참여한 사람들 중 특정 안에 찬성자가 많다고 해서, 이것이 정책결정의 절대 요건이 되는 것이 아니다. 한 사람의 주장이라도 이것이 정책 판단에 결정적 역할을 할 수 있다. 이 최종 결정은 장이 하는 것이다. 따라서 정책결정에 있어 장의 역할은 중요하다.

공무원이 맡은 일을 열심히 해야 하는 것은 당연한 일이다. 그러나 그 시기 수행해야할 일을 어떻게 해야 할지 알고 해야 한다. 모두가 고속도로를 달려 목적지로 나아가고 있을 때 산길을 밤잠 안 자고 걸어 목적지로 간다고 해서 성실히 일을 하는 공무원이라 할 수 없다. 모름지기 공무원은 행정 방향을 정확히 파악하고 최선을 다 해 업무 수행을 하여야 한다.

행정과정에 있어 일을 두려워해서는 안 된다. 새로운 일이라도 부딪쳐 방법을 찾으면 길이 열린다. 선배들도 새로운 일이 생길 때 그렇게 해 온 것이다. 이것이 행정 선례가 되어 있다. 행정 선례는 그 당시 행정환경에서 이루어 진 것이므로 시간의 흐름에 따라 빈틈이 생기기 마련이다. 이 빈틈을 보완하고 부적절한 부문은 개선해 나가야 한다. 이것이 행정발전의 길이다. 새로운 일을 개발해나가거나, 선례를 개선해나가거나 그 업무를 통해서 경험이 축적되어 자신의 능력을 배양해 주게 된다. 이와 같이 모든 업무 수행은 자신에게 도움이 되고 평가의 기준이 된다는 점을 명심해야 한다.

행정은 결과라고 흔히 말한다. 결과물이 눈에 보이는 물량적인 것도 있지만 눈에 보이지 않는 정신적인 것도 있다. 행정은 공적작용으로서 이윤을 목적으로 하는 기업과는 본질적으로 다른 성격을 가진다. 그러므로 그 결과를 반드시 수치로 환산할 수 없으며 행정의 질을 중시해야 한다.

또한 결과를 가져오는 과정이 중요하므로 내용의 합법성, 합리성과 더불어 과정의 민주성을 필요 요소로 삼아야 한다. 따라서 결과의 평가에는 행정의 질과 과정의 정당성이 포함되어야 한다.

행정에서 확인은 중요하다. 시책이 왜곡 없이 추진되고 있는지 확인하여 바로 잡고, 예측하지 못한 문제점이 있으면 보완해야 한다. 특히 행정책임자의 현장 확인은 실무진의 정확한 보고, 사업의 차질 없는 진행에 중요 작용을 하게 된다. 따라서 행정책임자는 불시에 직접 현장을 확인하는 것이 보다 효과적이며 파급효과가 크다.

(1995년)

씨 뿌리는 행정

1984년 10월 10일 도지사로 발령 받아 1988년 2월 24일 이임했다. 임명직 도지사로는 비교적 길게 재임한 편이다. 전남도청에서 공무원의 첫발을 내디뎌 행정수습을 받고 도의 과장(개갠간척과 관광운수과 재정과)과 시장 군수(광산군수 영광군수 광주시장)를 거쳤기 때문에 전남지역에 대해 소상히 알고 애착이 강하게 몸에 배어 있다고 스스로 느끼고 있었다.

도지사는 도의 최고 행정책임자이기 때문에 고향에서의 마지막 공직수행이라는 생각을 가지고 그동안 쌓아온 행정경험을 바탕삼아 최선을 다 해 지역발전과 도민복지증진, 문화예술의 창달에 기여해야 하겠다는 각오를 내심 다졌다.

나는 평소 행정조직에서의 직위는 행정목적 수행을 위해 지속되지만, 공무원의 재임기간은 한시적인 까닭에 행정단위책임자는 모름지기 '터를 닦는 행정' 즉 '씨 뿌리는 행정'을 해야 한다는 지론을 가지고 있었다.

뿌린 씨앗이 자라 맺어지는 행정의 열매는 누군가가 거두어

들여 그 지역과 주민을 위한 양식으로 쓰일 것이므로, 오로지 좋은 씨를 골라 잘 파종하여 적당한 온도, 알맞은 물, 필요한 영양을 주어 성실히 가꾸는 자세를 견지하는 것이 행정가로서 바람직한 자세라는 생각이었다.

내 임기 중에 시작해 과실까지 거두어들이려는 자세는 극히 이기적으로 공인의 자세가 아니며, 자칫 백년대계의 사업이 주어진 예산의 틀에 꿰맞추어져 규모가 축소되거나, 졸속 시행으로 인한 부실이 잠복할 우려를 내포하게 된다.

지역에 필요한 사업이라면 누구의 아이디어이든지 이를 소중히 받아들여 타당성을 검토하여, 자체사업이면 즉시 계획을 수립, 적은 예산으로라도 착공하여 중앙정부의 지원을 받는 방법으로 추진하고, 국가사업이나 중앙정부의 승인이 필요한 사업이라면 끈질기게 건의하여 사업의 결정을 받아 추진될 수 있도록 온 힘을 쏟아야 한다.

사업이 일단 결정되고 착공 되면 언제 이루어지든지 그 일은 마무리가 지어지고 지역발전의 토대가 되는 것이다. 그래서 지역발전을 위한 일이라면 '씨를 뿌린다는 겸허한 자세'로 그 일의 성취를 위해 무릎을 걷어올리고 뛴다는 마음가짐을 견지하는 것이 책임 있는 공직자의 필수 자세이다.

공직에 있어서 사업은 혼자 할 수 있는 일이 아니며, 또 혼자 해서 쉽게 이루어지는 것도 아니다. 하나의 사업을 이루어내기까지에는 여러 가지 보이지 않는 과정을 거쳐서만 성취된다는 것을 행정경험을 가진 공무원출신이면 누구나 겪어서 다 아는 일이다.

일의 성격과 내용, 비중에 따라서는 많은 고뇌와 힘든 길목이 도사리고 있어 여러 사람의 지혜와 힘이 합쳐져서 결정되고 추진된다는 것도 다 아는 일이다.

내가 도지사로 있으면서 추진한 사업 가운데 여러 경로를 거쳐 이루어진 사업이 상당히 있을 것이다. 여기에서 임기 중 관심을 가지고 추진한 사회간접자본, 공단, 문화예술 관련 사업 중에서 '씨 뿌리는 행정' 사례 몇 가지만 들어 그 과정을 적어 보고자 한다.

광양컨테이너부두사업은 부산컨테이너부두 확장사업과 경합관계에 있었던 사업이다. 경제기획원으로부터 용역을 의뢰 받은 한국경제연구원(원장 한갑수)에서 자료 제공을 하면서 도지사가 대통령에게 건의를 드려야 책정될 수 있는 사업이라고 전했다. 이 사업 결정을 위해 해운항만청과 청와대 경제수석에게 직접 찾아가 건의하고 신태호 광주상공회의소 회장을 민간 대표로 해운항만청에 보내 건의도 했다.

사업의 필요성을 정리한 자료를 작성하여 미리 주영복 내무부장관과 박태준 회장에게 주어 측면 지원을 요청했다. 마침 1984년 12월 15일 돌산대교 준공식에 참석하시는 대통령께서 행사 전날 광양제철 영빈관에서 일박하시게 되어 이 사업 건의를 드릴 때, 주 장관과 박 회장도 적극 거들었다.

대통령 연두순시 시 건의사항 제1호로 광양컨테이너부두사업을 내무부에 제출했는데 이를 받아본 청와대 사공일 경제수

석께서 전화로 연두순시 시 대통령 지시사항으로 할 것이니 건의사항에서 제외해 달라 하였다. 이러한 과정을 거쳐 1985년 2월 1일 연두순시 시 대통령 지시사업으로 책정되었다.

그러나 정부의 건전재정 방침에 따라 신규사업의 예산계상이 금지되어 정부예산안에 예산확보가 전혀 안 되었다. 그래서 국회예결위(위원장 정시채)에 요청하여 일부 예산이 계상 되었다.

나는 도지사로 취임하면서 광주종합예술회관건립, 광주실내체육관건립, 왕인박사유적지정비 등 세 가지 사업은 반드시 추진해야 하겠다는 생각을 가졌다.

그래서 광주종합예술회관건립 계획안을 작성하여 1985년 연초(1985년 1월 10일) 광주를 방문한 문화공보부장관(장관 이진희)에게 건의를 드려, 문예진흥기금에서 20억원을 우선 보조하고 추가로 더 지원하겠다는 약속을 받았다.

그러나 위치 결정에 6개월이 걸렸다. 부지매입은 광주시에서 담당하고 사업은 도에서 맡아 1985년 12월 20일 착공하고 추후 내무부 교부세 등을 지원받아 사업을 계속하다가 광주광역시 승격으로 광주시에 이관하였다.

이 사업은 8년이 걸려 강영기 광주시장 때 완공을 보았다. 사업 진행 중 당초 예상하지 못했던 교통량의 증가로 지하 주차장을 마련하여 환경변화에 따른 문제점을 해소했다.

제68회 전국체전이 전남(광주광역시 승격 후 광주·전남 분산 개최)에서 개최키로 결정되어 체육시설 확보에 힘을 기울였다.

체육시절 중 마지막까지 문제 된 것은 광주실내실내체육관 신축 예산 확보였다. 광주에는 1965년 제46회 전국체전 시 건립한 구동 실내체육관이 있었으나 규모가 작아 핸드볼경기를 할 수 없으며 너무나 낡았다.

어떤 일이 있어도 광주실내체육관을 현대식으로 규모 있게 신축해야 하겠다는 결의로 이를 추진했으나 경제기획원 예산 담당자는 핸드볼은 전남대 실내체육관에서 가능하다면서 극력 반대했다. 마침 예산 책임자는 나의 고시 동기인데 실내체육관 예산을 강력히 요구하는 나에게 "나는 끝까지 안 된다고 할 터이니 그리 알아 달라"고 말했다. 이 말은 며칠 뒤 있을 실무회의 때 실내체육관 신축을 전남도에서 굽히지 말아달라는 말로 들렸다.

나는 김만재 경제기획원 장관에게 광주실재체육관 신설 예산 지원을 건의드렸다. 장관은 이의 없이 긍정적인 반응을 보였다.

실무회의에 이병내 부지사, 강영기 기획관리실장, 박관주 체육회 상임부회장이 참석하여 조금도 물러서지 않았다. 결국 광주실내체육관 예산은 대통령의 재가를 받아 결정되었다.

전남도에서는 (염주)실내체육관을 현재의 자리로 결정하고 설계를 하여 출입구가 남향으로 되어 있는 것을 북향으로 바꾸고 직선 도로를 개설하도록 하였다. 그런 후 광주시가 광역시로 승격되어 광주시에 이관했다.

왕인박사는 백제 때 일본 응신천황의 초청을 받아 천자문과 논어 등을 가지고 일본에 건너가 태자의 스승이 되어 여러 전적을 가르치고 일본에 학문을 전수하여 문명화의 기초를 닦아 현인으로 추앙 받는다.

왕인박사에 관한 구비전승이 있는 영암 성기동의 유적지 보존 관리를 위하여 왕인박사현창협회가 설립되어(초대 회장 이선근 박사) 유적지 조사가 이루어져 전라남도 지방문화재로 지정되고 유허비가 세워졌다.

전남도에서는 유적지 정화 계획을 수립하여 대통령에게 보고하고 영암군, 왕인박사현창협회와 함께 왕인박사 사당인 왕인묘(王仁廟)와 수학지인 문산재 양산재를 복원하고 생가 터를 정비 1987년 9월 26일 준공하였다.

이 과정 중에 제1회 전남고문화심포지움을 개최하여 우리나라의 기라성 같은 역사학자들을 초빙 전남의 고문화에 관한 열띤 발표를 하였다. 고문화 연구가 늦다는 평을 받아와, 전남고문화심포지움을 매년 지속할 계획이었다. 나는 2회까지 열리는 것을 보고 떠났다.

또한 일본 대판흥은(이희건 이사장) 창립 30주년 기념행사로 교포 2.3세들이 참여하여 '왕인박사도일경로 행군'을 실시하여 국내외 언론에 왕인박사유적지가 널리 홍보되었다.

대불공단은 목포상공회의소 홍순기 회장이 나에게 제의하여 추진하게 되었다. 농림부에서는 영산강농업종합개발사업이 IBRD차관으로 추진되는 농업목적의 사업이라는 이유로 반대했다.

전라남도에서는 산업연구원에 「전라남도 공업화발전 연구」를 의뢰하여 이를 토대로 「전남공업화중장기계획」을 수립, 대한상공회의소에서 정수창 회장과 중앙부처 관계관, 기업인 등 200여명을 초청하여 1987년 3월 10일 투자설명회를 가져 대불단지 조성에 적극적인 호응을 받았다.

그럼에도 불구하고 농림부의 반대는 계속되었고 농림부장관이 교체된 후 나는 신임 농림부장관(김주호)을 만나 다시 건의해 긍정적인 답변을 받았다.

나는 친분이 깊은 민정당 사무차장(김태호), 내무(문창수), 농림(김태수) 전문위원에게 이 사업의 중요성을 설명하고 민정당에서 결정해주도록 의뢰하여 당에서 각 부처 장관과 협의, 1987년 10월 21일 국가산단으로 지정 추진하기에 이르렀다. 이 사업은 내가 도지사직을 떠난 뒤 1989년 8월 착공 되었다.

고인돌공원은 주암댐 안에 있는 757기의 고인돌 중 99기를 유형별로 옮겨 공원을 조성하는 사업이다. 나는 1987년 2월 26일 오후 2시에 고흥 군민회관에서 농어민후계자 지역간담회가 열리게 되어 있어 여기에 참석하기 위해 신채우 농림국장과 함께 승용차 편으로 주암댐 공사현장을 따라 고흥으로 가는 길이었다. 주암댐 고인돌이 있는 곳을 지날 때 나는 그날짜 신문을 보고 있었다. 그 순간 눈에 들어온 것은 사회면 바로 앞면에 있는 "巨石文化"라는 2단 제목이었다. 순간 내 머리에는 고인돌공원이 떠올랐다. 나는 옆에 있던 신 국장에게 갑자기 "신 국장, 고인돌공원 어때요?"하고 말하자 신 국장께서는 "무슨 말씀입니까?"하고 물었다. 나는 "저 주암댐 안에 있는 고인돌 중 100기 정도를 유형별로 골라 있는 그대로 옮겨 댐 주변에 고인돌공원을 조성하는 것이 어떻겠어요?"하자 신 국장은 "좋겠습니다." 하고 동의했다. 나는 수몰될 고인돌을 어찌할 것인가 고심하고 있던 중, 이제 됐구나 하는 기쁜 생각이 가슴에 꽉 찼다.

도청에 돌아오자마자 고인돌공원 조성 취지와 내용을 설명하고 고인돌공원조성계획을 수립하도록 했다. 사업비는 댐 공사로 인해 문화재가 수몰하게 되었으므로 그 원인자인 수자원공사에 가서 부담하게 할 계획이었다. 고인돌공원의 조성계획은 99기의 고인돌을 옮겨 조성하고 사업비는 공사비 3억원, 토지매입비 3천만원으로 추계 되었다.

서울에 출장하여 일을 마치고 그 다음날 강영기 기획관리실장과 함께 대전 수자원공사에 들렀다. 예고 없는 방문이었다. 사장은 서울 출장 중이어서 부사장을 만나 고인돌공원조성계획을 설명하고 지원 요청을 했다. 토지매입비는 도에서 부담키로 하고 공사비를 지원하겠다고 약속을 해 주었다. 이렇게 해서 위치를 정하여 고인돌공원 기공식이 1987년 12월 1일 현지에서 열렸다.

(전남도우 제6호 2005년 6월)

문화가 숨 쉬는 고장

　우리가 살아가는데 필요한 요건은 경제적 기반과 생활하기 편리한 환경, 누려야할 문화라 할 수 있다. 문화는 '인간의 창의적인 활동에 의해 만들어진 결과물'로서 지역적 특성과 토착성을 속성으로 지니고 있다. 그러므로 나라와 지역에 따라서 개별성과 차별성을 갖는다.

　이러한 문화는 사람의 마음을 순화시키고 정신적 생활에 있어서 여유를 갖게 하며 삶의 질을 제고해 주는 구실을 한다. 또한 일정 지역에서 함께 살아가는 사람들에게는 유대감을 형성케 하여 공동체의식을 두텁게 해 주는 기능을 한다. 뿐만 아니라 그 지역에서 살아가는 보람을 느끼게 하고 자긍심을 심어주어 애향심으로 승화시키는 무형의 역할을 한다. 한마디로 문화는 그 지역에 정주하는 사람에게는 정신적 지주라고 말할 수 있다. 그런 까닭에 주민이 주인인 자치행정에 있어서 문화행정의 중요성이 크다 아니할 수 없다.

　문화행정은 '사람들이 그곳에서 오래 살고 싶어 하고 거기에서 살고 있는 것을 자랑으로 생각하는 문화를 기초로 한, 지역사회를 만들기 위한 행정'이다. 따라서 주민의 문화향수기회를 넓히기 위해 문화시설을 확충하고 문화예술 활동을 활발하게 전개할 수 있도록 행정적인 뒷받침을 해 주어야 한다. 또한 지역의 유형무형의 문화유산을 보존하여 전승하고 문화적 분위기를 물씬 느낄 수 있도록 문화환경을 조성하여야 한다. 특히 늘어나는 도시 수준의 요건은 문화의 축적과 경관의 문화성이라는 점을 인식해야 한다. 요컨대 지역의 문화적 뿌리를 찾아 보존 선양하고 지역문화의 수준을 향상시키는데 힘을 기울여야 한다.

그럼에도 불구하고 지난 날 문화행정이 지방행정에서 차지하는 실제 비중이 크지 못했다. 행정책임자의 문화에 대한 관심도가 충분하지 못 했으며 눈에 띄는 유형적 사업에 치중하는 행정경향과 재정의 한계 때문이었다고 할 수 있다.

지금은 자치단체의 장과 지방행정을 담당하는 공무원은 물론 주민의 문화에 대한 인식이 크게 변했다. 경제발전과 생활수준의 향상, 사회 환경의 변화, 지방화와 세계화 추세가 영향을 준 것이다.

지방의 재정규모가 커지면서 문화부문에 대한 투자 여력이 생기고 자치단체장의 문화에 대한 관심도가 제고되어 자치단체들이 경쟁적으로 '살기 좋은 고장 만들기' '문화이미지의 형성'에 힘을 쏟고 있다.

일반 주민도 생활수준의 향상에 따라 점차 인간의 마음과 정신적 풍요에 눈을 돌려 삶의 질에 가치 비중을 두는 인식 변화를 가지게 되었다. 주민의 문화 향유욕구가 커져가면서 문화수요가 증대하고 있으므로 이에 상응하여 문화행정의 비중이 커가는 것은 당연한 논리이다.

자치단체가 시행하고 있는 문화시책은 그 내용이 다양하다. 그 중 지역의 특색 있는 문화상표를 만들기 위해 지역과 관련된 특성문화를 찾는데 지혜를 모으면서 이를 지역의 상징물로 굳히는데 힘을 기울이는 경향이 두드러진다. 물론 내용 있게 합리적으로 발전시켜 지역의 위상을 높이는 성공사례도 상당히 있다. 그러나 지방문화에 대한 깊은 인식 없이 단순히 다른 곳을 모방하거나 내실보다는 겉치레에 치우치는 홍보성 이벤트와 같은 일부 사례는 되짚어 보아야 할 일이다.

지방문화가 살아 숨 쉬는 고장을 만드는 것이 중요하다. 그러기 위해서는 무엇보다도 먼저 문화에 대한 인식이 정립되어야 한다. 이를 위해

첫째 문화마인드가 있어야 한다. 행정의 문화에 대한 영향은 대단히 크다. 따라서 공무원의 문화마인드와 문화에 대한 관심, 특히 자치단체장의 관심도는 무엇보다 중요하다. 자치단체장의 문화에 대한 인식과 관심 정도는 그 자치단체의 문화행정의 비중과 비례한다고 해도 지나친 표현이 아니다. 공무원의 문화에 대한 소양이 제고되어야 문화행정이 가능하다. 문화는 문화예술 업무를 담당한 공무원만의 것이 아니다. 따라서 문화의 내용, 문화의 가치, 행정의 문화화를 이해하고 모든 사업 구

상과 실제 시공 등에 문화적 감각을 가미할 줄 아는 자질과 마음가짐이 있어야 한다. 아울러 문화예술 활동이 활발히 이루어지도록 조장하고 전문가의 자문 청취, 향토문화 연구가와 애호가의 활동의욕을 북돋아 주어야 한다. 문화는 지역의 공동재이다. 문화에 대한 예산 확보에 각별히 관심을 기울여야 한다.

둘째 문화는 만들어진다는 인식이 필요하다. 문화재나 전통문화도 선인들이 만들어낸 창조물이다. 그러므로 있는 것을 찾아 보존하는 것 못지않게 없는 것을 새로이 창조해 내야 하며 이미 없어져 버린 것, 구전이나 설화로 전해오는 것도 하나라도 더 찾아서 지역의 문화로 만들어 내야한다. 지역의 자연과 관련해서 전해 내려오는 얘기도 이를 실제화 하여 지방문화로 발전시키고 문화예술작품의 소재도 실존하는 문화로 끌어올려 지방의 문화자산으로 전승해야 한다.

독일 나일강변의 보잘 것 없는 로렐라이 언덕에는 황금빛 머리를 빗어 내리는 여인상을 보기 위해 관광객이 끝임 없이 모여들고 있다. 이는 독일이 낳은 낭만적 서정시인 하이네가 그 지방에 전해 내려온 전설을 내용으로 하여 「로렐라이」라는 유명한 시를 지어 실제로 있었던 것처럼 토착문화로 발전시켰기 때문이다. 한국판 모세의 기적이라 불리는 진도 '신비의 바닷길'도 조수의 주기적인 자연 현상에 전해 내려오는 '뽕할머니'의 애틋한 얘기를 실재화한 성공 사례이다.

셋째 지방문화의 주체는 '우리'이며 '나'라는 자각이 있어야 한다. 지역의 문화는 주민의 생활과 관련이 있으며 우리 고장의 것이다. 하나라도 더 찾아서 아끼고 선양해야 한다. 생활주변에 있는 유물, 유적, 전통문화는 크든 작든 관심을 가지고 함께 찾아 보존해야 한다. 그리고 지역의 어린이들이 지방문화를 알 수 있도록 알려주고 교육을 시켜주어야 한다. 이는 어린이들에게 내 고장의 문화유산을 보호하고 고향사랑 마음을 길러주는 것이 된다.

이와 같은 문화에 대한 인식과 실천을 통해서 문화가 숨 쉬는 내 고장이 마련되는 것이다.

(1995년)

진실로 국민을 위해 봉사하는 자세

공직자는 시간의 레일을 달리는 기차를 타고 있다. 일정기간 달리다 보면 어딘가에 종착역이 있다. 공직자에 따라 내려야 할 시점은 다를 수 있지만 언젠가는 내려야 한다.

기차에서 내릴 때 인간의 원점으로 돌아가게 된다. 공직자가 기차에서 내렸을 때 명예롭고 후회가 없으며, 있는 힘을 다 해 열심히 일했다는 감회로 충만하고, 긍지를 갖고 싶어 한다. 그러나 그것은 그냥 주어지는 것이 아니다. 기차 안에서 어떠한 의지와 태도로 활동을 하였는가의 집약된 결과라 할 수 있다.

공직자는 명예를 먹고 살며 그것을 생명으로 삼는다. 공직은 직업으로 선택된 것이지만 부(富)보다는 명예를 중시하고 공익을 위해 봉사해 보겠다는 사려(思慮)가 공직 출발점에서부터 기초하고 있다고 보아야 할 것이다. 봉사와 청렴을 기본으로 하는 공직윤리(公職倫理)는 이윤추구를 바탕으로 한 기업윤리(企業倫理)와는 다른 것이다. 따라서 공직생활에 있어서 공직자의 생명인 명예를 깨뜨려 삶이 오욕으로 물들게 하는 일을 결코 저질러서는 아니 된다. 더군다나 그러한 것은 공직사회에 대해 주민의 불신을 불러내는 결과를 가져오게 된다는 점을 잊지 말아야 한다. 공직자는 오로지 공직이 요구하는 책무를 체질화하고 국가와 지방자치단체와 주민을 위하여 최선을 다하는 공직과정(公職過程)이 되도록 힘을 기울여야 할 것이다. 이러한 과정에서 명예는 지탱되는 것이다.

공직자는 후회 없는 공직 기간을 만들어 나가야 한다. 그것은 공직자로서 건전한 사고와 올바른 자세를 견지할 때 이루어질 수 있는 것이다. 공직은 공직자가 밟고 가는 과정이므로 이 과정에 있어서 자신에게 주어진 시간을 가치 있는 것으로 만들어야 한다. 그러므로 공직자는 언제 어떠한 직위에서 무슨 일을 담당하든지 지닌 능력과 지혜와 정열을 몽땅 투입하여 행정업무를 수행하여야 한다. 이것은 양질(良質)의 행정성과를 가져오는 요인이 되고 자신의 능력 함양과 이미지 형성에도 기여하게 되는 것이다. 설령 담당한 직위가 주관적으로 판단하여 다소 알맞지 않다고 생각되더라도 있는 자리에서 최선을 다 할 줄 알아야 한다. 별로 할 일이 없는 직책이라도 일을 찾아보면 얼마든지 할 일이 있음을 알게 된다. 손에 잡힐만한 업무가 없으면 현장에 나가 아이디어를 얻고 주민의 얘기를 귀담아 들으며 전문가를 찾아 의견을 들을 뿐 아니라 관계 공무원들과 머리를 맞대고 짜내면, 하여야할 일이 얼마든지 있기 마련이다.

나는 별로 바쁘다고 느껴지지 않던 내무부 지방개발국장 시절 「내 고장 전통가꾸기」 등을 관계 공무원들과 지혜를 모아

시책화 한 것이 지금도 나의 가슴속에 자랑으로 남아 있다.

일은 사람이 할 수 있게 되어 있다. 새로운 업무라도 처리할 방법을 찾아내면 성취의 문이 열리게 되어 있다. 그러므로 새로운 일을 무서워해서는 아니 된다. 오히려 적극적으로 일에 부딪쳐야 한다. 부딪치면 길은 열리는 것이다. 일의 성취의 희열은 능동적으로 일에 부딪치는 공직자의 몫이다.

일의 처리과정을 거치면서 능력은 연마되고 경험이 축적 되는 것이며, 이것은 무엇과도 바꿀 수 없는 공직자의 귀중한 자산이 되는 것이다. 이러한 과정을 밟으면서 자기발전을 하고 공직생활은 값진 추억의 기록으로 오래오래 남게 되는 것이다.

행정은 인간이 시행해 오고 있다. 오늘에 이르기까지 행정은 많은 공직자의 손을 거쳐 왔고 다음의 공직자에게 연면히 이어지게 되는 것이다. 그 속에서 행정은 하나의 '룰'을 형성하면서 발전을 거듭하게 된다. 그러나 행정에는 영구한 완미(完美)라는 것이 있을 수 없다. 행정은 시행 당시의 환경에서 당시의 공직자에 의해 이루어지는 것이고, 그 시점에서 최선이라 하더라도 변화된 현 시점에서는 빈틈이 생기기 때문이다. 이 빈틈을 찾아내 현실에 알맞게 개선해 나가는 것이 공직자가 해야 할 책무이며, 여기에는 치열성과 창의력이 요청 된다. 종전의 관례에 따라 전직자들이 해 온 대로 답습해 나간다면 행정의 쇄신은 있을 수 없으며, 자칫 시행착오로 행정 손실을 초래할 수 있다. 그러므로 항상 자신이 맡고 있는 업무에 대하여 빈틈을 찾아 보완하고 새로운 영역을 개발하여 발전시켜 나가야 한다.

업무의 추진에는 반드시 과정과 결과가 따르게 된다. 과정을 경시하고 결과만을 지향하여 행정업무를 추진하게 되면 신속한 처리가 이루어질 수 있으나 그 결과는 질이 떨어지고 하자가 생기게 되어, 신속의 이익을 훨씬 능가하는 예기치 못한 손실을 잉태하게 되는 것이다. 따라서 행정의 결과도 중요하지만, 결과를 가져오는 과정이 이에 못지않게 중요하다는 인식하에 과정을 중히 여기는 자세로 업무에 임해야 한다.

업무를 결정하는 데 있어 판단에 필요한 요소가 여럿 있게 마련이다. 그 요소들의 가치는 비중이 같은 것이 아니다. 그러므로 판단 요소의 가치를 제대로 판별하여 업무 결정을 하고, 시행 과정 중 상황 변화가 있다면 신속히 변화에 적응시키는 과정을 통하여 행정성과에 이르게 하여야 한다.

옆을 보지 않고 결과만을 향하여 질주하다가 중간에 놓여 있는 물그릇을 깨는 우(愚)를 범해서는 아니 된다. 물그릇을 깨면서 결과를 취하려는 효율성 위주의 자세는 개발연대인 6,70연대에는 정황에 따라 일부 용납될 수 있었을지 모르지만 과정을 중시하는 민주행정에 있어서는 바람직스럽지 못하다.

시간이 좀 걸리더라도 물그릇을 보전하면서 결과를 향하여 나아가는 성실성이 요청 된다. 전체를 관찰하고 그 속에서 자신이 추구하는 행정목표를 성취하도록 하여야 한다,

공직자는 '씨 뿌리는 행정'을 하여야 한다. 자신이 씨를 뿌리고 과실도 거두려는 이기성과 조급성은 온당하지 않다. 행정은 길고 직위는 짧은 것이다. 어느 직위에서 일을 하든지 그 기간

은 유한하다. 그러므로 모든 공직자는 그 직위에 있는 동안 밭을 착실히 일구고 좋은 씨를 뿌려 환경에 맞추어 가꾸어 나감으로써 알찬 결실이 되도록 힘을 쏟아야 한다. 그러나 급하게 자신이 있는 동안 자신이 뿌린 씨의 열매를 거두려는 공명심을 갖게 되면 졸속이 되어 영글어진 결실을 기대할 수 없게 된다.

행정은 공직자 자신의 것이 아니며 그 성과는 공직자의 전유물도 아니다. 주민의 것이며 지방자치단체와 국가의 것이다. 그러므로 제대로의 과정을 밟아 행정의 성취가 알차게 이루어질 수 있도록 씨 뿌리는 자세로 행정수행에 임해야 한다. 즉 자신은 씨를 뿌리고 그 직위를 이어받은 다른 공직자가 변화하는 행정환경에 맞추어 보다 미래지향적인 행정성과가 성취될 수 있도록 겸허한 자세를 가져야 한다.

행정은 인간이 수행한다. 일정기간을 거치게 되면 자연인으로 원점에 돌아가게 되는 것이다. 인간이 인간이기 위해서는 평상시 '인간적'이어야 한다. '인간적'이라고 원칙에서 벗어나 정실에 의해 업무를 수행하는 것을 의미하지 않는다. 행정은 법규에 기초하여 공명정대하게 수행하되 그 바탕에는 '인간적'인 속성이 깔려 있어야 한다. 같은 민원처리에 있어서 인허가를 해주면서도 주민의 비난을 받는 경우가 있는가 하면, 불허처분을 하면서도 칭송을 받는 사례가 있다. 그 이유의 상당 부분은 업무처리 과정에 있어서 공직자의 자세 즉 '인간적'이었는가 아니었는가에 연유한 것이라 할 수 있다.

행정의 직위는 짧으나 '인간적'인 것은 영구한 것이다. 모름지기 원점에서 출발하여 공직과정을 거쳐 다시 자연인으로 원점에 돌아가기까지 '인간적'이어야 한다는 것을 망각하여서는 아니 된다. '인간적'인 것은 행정의 신뢰와도 연관 되어 있는 것이다.

(지방행정연수 제34호 1994년 12월)

회상이화(回想二話)

░ 금요대화(金曜對話)

도지사 때의 일이다. 주민과 직접 대면하는 금요대화시간을 마련하였다. 매주 금요일 오후, 2시에 도지사와 민원인이 같이 앉아 대화를 통하여 고충에 대한 해결방안을 마련하는 것이다.

금요대화시간을 마련하게 된 것은 어려움이 있는 주민을 직접 만나 얘기를 듣고 문제 해결에 도움을 주고자 하는데 있다, 도지사가 일상 접촉하는 사람은 비교적 한정되어 있기 마련이다. 지역에 거주하는 유지, 업무와 관련하여 협의가 필요한 사람, 평소에 익히 알고 있는 사람 등이 대부분이며, 그늘진 곳에 있는 사람, 꼭 해결해야 할 어려운 일이 있는 저변에 있는 주민, 절차나 기준 적용 등의 사정으로 필요한 일이 이루어지지 못한 서민들과 개별적으로 대면하는 기회는 충분하지 않다. 그러므로 이분들과 직접 만나 맺혀 있는 어려움을 가능한 한 시원스레 해결해 드리자는 취지로 이 제도를 운영한 것이다. 대

체로 매주 3명 내지 5명 정도가 신청하여 마음을 열고 대화가
이루어진다.

제1화

어느 날 금요대화시간에 두 부인과 자리를 같이 했다. 광주에
서 가까운 군에 거주한다는 이분들은 도지사와 직접 대화를 하
게 되어 밤잠을 설치고 왔다는 것이다. 언니 되는 분이 그의 재
산과 관련된 문제를 해결하려고 여러 방도로 알아보았으나 해
결의 길을 찾지 못하고 대화 신청을 하게 되었다고 했다.

그는 농촌에 오랫동안 소유하여 온 토지를 처분하려고 등기
부를 열람하여 보았더니, 전라남도 명의로 저당권이 설정되어
있더라는 것이다. 그 저당권은 1950년대 말경에 설정된 것으
로 그때야 놀래어 어떤 연유로 그렇게 되었는지, 채무액은 얼
마인지, 어떻게 말소해야 하는지를 알고자 힘을 기울였으나 허
사였다는 것이다. 그렇다고 관계기관에 관련기록도 보존되어
있지 않아 담당공무원이 임의로 말소조치를 해 주지 못한 상태
였다.

이 말을 들은 나는 즉석에서 관계공무원과 협의하여 간단한
각서 한 장을 받아놓고 저당권을 말소해 주도록 하였다. 그들
은 대단히 기뻐하고 고마워했다.

제2화

또 어느 날 금요대화시간에 멀리 여천군 도서로부터 고등학

교 2학년 학생이 찾아왔다. 그는 별로 크지는 않으나 다부지고 똑똑한 학생이라는 인상을 주었다.

그는 어머니와 단 두 식구가 사는데 어머니는 정신계통의 질환으로 생계를 꾸려나갈 능력이 없다고 했다. 그렇기 때문에 전년도까지 생활보호대상자로 결정되어 생활비 지원을 받아서 생계를 유지해 왔으나 당년도에는 생활보호대상자에서 제외되어 생활비 지원을 받지 못해 주위 사람들로부터 도움을 받아 겨우 생활해 오고 있다고 했다.

생활보호대상자에서 제외된 것은 그의 나이가 보호대상자로는 초과되었기 때문이라는 것이다. 그러나 그는 분명히 고등학생으로서 직장을 가지고 생활비를 벌어들일 위치에 있지 않을 뿐 아니라, 전년도나 당년도에 신분상의 변동이 있는 것도 아니었다. 중앙정부의 지침이 고등학생임을 고려 않고 나이로만 정해놓은 까닭이었다.

나는 진작 서신으로라도 그러한 내용을 알려주었더라면 좋았을 것이라는 위로의 말을 전하고 학생의 경우에는 연령한도의 적용을 하지 말고 생활보호대상자로 결정해 주도록 지침을 주었다. 대화를 통하여 중앙정부의 기준과 적용에 있어서의 실제 문제점을 발견하여 시정할 수 있었던 것은 주민을 위하여 다행스런 일이었다.

░ 주민을 위한 행정

나는 늘 금요대화가 없었더라면 대화 내용의 문제들이 쉽게 풀리어 대화대상자 뿐 아니라 같은 처지에 있는 주민들에게 도움을 줄 수 있었을 것인가를 생각해 본다.

우리의 행정은 주민을 위하여 이루어진다고 말한다. 특정 또는 부특정다수의 주민을 위해 예산을 투입하여 지역개발을 하거나 복지시설을 확충하여 주민의 편익을 도모한다. 그러나 이에 못지않게 중요한 것은 주민 개개인이 가지고 있는 고충을 찾아 해결해 주거나 해결해 주려고 노력하는 일이다.

만약 주민의 고충사항이 전혀 인지되지 아니하거나 인지되었다 하더라도 그 처리과정에 성실성이 결여되어 주민의 충분한 공감을 얻지 못한다면 주민의 불만이 누적되고 행정불신으로 파급될 것이다.

그러므로 행정담당자는 주민의 어려움을 최대한 알 수 있는 경로를 마련하여 이의 해결에 최선을 다 하고 있다는 인식을 주민에게 심어주어야 한다. 혹간 어떤 적용해야할 기준이 실제와 맞지 아니할 때에는 이를 신속히 조정해 주고, 공익을 해치지 않는 범위 안에서 주민의 편에서 생각을 같이하고 해결을 해 주는 인정 있는 자세를 견지해야 할 것이다. 주민과 호흡이 맞고 주민의 가슴속에 뿌리내리는 행정이 바로 「믿음 받는 행정」이 될 것이다.

(지방행정연수 1989년 6·7월)

농업박물관과 농기구열전

농기구는 농촌의 역사다

나는 농촌에서 태어나 어릴 적을 보냈다. 내가 성장한 곳은 구림과 독천사이, 신복촌 길목에서 신작로 한 줄기가 뻗어드는 벽촌 이었다. 일일생활 공간은 동네와 이웃마을, 은적산 자락, 마을 앞뒤에 펼쳐 있는 들판이었다.

이러한 농촌에서의 생업은 농사를 짓는 일 뿐이었다. 좁은 농토에서 땀 흘려 농사 지어 공출을 하고 식량으로 소비하였으며, 남은 것이 있으면 이를 팔아 가용이나 자녀들 교육비에 충당하였다. 이때의 농촌은 먹고살기에 힘겨워 여력이 거의 없었다.

농사를 짓는데 있어야 할 도구는 농기구이다. 당시 농기구는 지금과 같은 기계화된 농기구가 아니었다. 경제적, 사회적 여건이 이를 허용하지 아니 하였다. 마을길과 농로가 협소 했고 구불구불한 논두렁이 논의 경계를 이루어 논 한 배미의 크기도 작았다. 호당 농지 소유 면적이 소규모인데다 인구 과잉으로 일손이 남아돌았다. 농사에 필요한 농업용수도 일부 소규모 저수지가 있었을 뿐, 하늘에 의존하는 논이 많았다. 따라서 운반 수단은 지게가 대종을 이루었고 논밭갈이는 소와 쟁기에 의존하였으며 물을 품는 수단은 두레였다.

그러던 것이 새마을운동으로 마을길, 들길이 넓혀지고 경제개발5개년계획으로 나라 경제 사정이 점차 나아지면서 경운기가 보급되어 농산물 운반과 논밭갈이의 주역으로 등장하고 양수기가 대대적으로 보급되어 논물을 끌어올리는 역할을 맡아주었다.

농촌에 넘치던 의장실업자는 산업화와 도시화의 새 물결을 타고 도시로, 산업현장으로 빠져나가면서, 농촌 일손이 점차 줄어들고 대규모 경지정리사업의 실시로 기계화경작이 가능해졌다. 거기에다 호당 경지면적이 확대됨으로써 현대화된 트렉터와 추력이 농사일을 도맡아 하게 되었다. 따라서 지게와 쟁기를 몰아낸 경운기시대를 넘어 이제는 트랙터가 들판을 요란스럽게 지배하고 있다.

할아버지, 아버지 때의 숨결이 고스란히 담긴 농기구는 농촌의 역사이고 농촌생활의 원형이다. 이 농기구가 어디론가 퇴출되고 새로운 문명의 이기가 기름내를 풍기며 조용하던 농촌을 누비고 있어. 자라나는 젊은이들은 우리의 생을 어렵사리 지탱해 주었던 그 농기구를 알지 못 하는 것은 당연한 현상이다.

나는 농촌생활환경에서 농기구와 살과 뼈를 맞대며 자랐다.

낫으로 풀과 벼, 보리를 베며 손가락을 비어 보았다. 호미로 풀을 매고 삽과 괭이로 땅을 파 보았을 뿐 아니라 도끼로 장작을 패고 톱으로 나무를 잘라 보았다. 그러한 과정에서 농기구가 목숨의 손발임을 깨닫고 항상 고마움이 마음속 깊이 새겨져 있다. 따라서 농기구에 대해 각별한 친근감을 가지고 있다.

그런데 나와 호흡을 함께 해 온 이때의 농기구가 잊혀져가고 있다. 이 농기구의 숨길을 되살리는 길은 농업박물관을 건립하여 농기구를 보존, 전시함으로써 교육장화하고 농기구에 스며든 농민의 애환을 글로 담아내는 일이라 할 수 있다.

◈ 농업박물관의 건립

내가 도지사로 부임할 당시 영산강 2단계 농업종합개발사업이 진행되고 있었다. 2단계 농업종합개발사업은 목포와 삼호간 하구언을 축조하여 교통을 편리하게 하고 농업용수 2억5천3백만톤을 저장하여 영암을 비롯한 영산강 주변과 해남 화원반도까지 용수를 공급하는 한편 2만7백ha의 농지를 조성하는 사업이다.

전라남도에서는 영산강농업종합개발사업으로 인해 하구언 관문에 위치하게 된 삼호 나불도에 공원개발계획을 수립하고 영산호관광개발사업소를 설치하여 공원조성사업을 추진하였다. 나는 도비를 지원하여 당시 공사 중이던 순천 주암댐 수몰

지역에 있는 큰 나무 가운데 보존 가치가 있는 나무들을 골라 나불공원에 옮겨 심어 아늑한 공원조성을 하는데 힘을 기울였다.

나불공원의 조경사업이 마무리 되어갈 무렵 나는 영산호관광개발사업소 김복수 소장을 도지사실로 불러 다음 사업을 협의하였다. 공원개발기본계획에는 수족관, 농업박물관 건립이 들어 있었다. 전남은 농업도이고 영산강 간척사업이 완성단계에 있으므로 간척사업의 상징인 나불공원에 농업박물관을 건립하여 사라져가는 농촌생활 용구와 농기구를 보존하여 후대들의 교육장화하고 관광자원화 할 필요가 있다는 판단 하에 농업박물관 건립을 결정하였다. 더욱이 농업박물관은 목포 갓바위의 수석관, 남농미술관, 신안해저유물전시관과 연계하고 영암의 왕인박사유적지, 도갑사, 장천선사주거지 등과 연결하는 선(線)의 관광코스를 형성할 수 있기도 하다.

당시 우리나라에는 농업박물관이 한 곳밖에 없었다. 농협중앙회가 서울의 구 농협중앙회 자리에 설립한 농업박물관이 그것이다. 그러므로 전국 농산물 생산량의 22%를 생산하는 전남의 영산강 주변에 농업박물관을 건립하는 것은 매우 뜻 깊은 일이라 아니 할 수 없다.

농업박물관은 당초 부지 6천평, 지하 1층, 지상 2층, 야외전시시설에 총사업비 29억8천8백만원 투자계획을 수립하여 1987년 10월 29일 기공식을 가졌다. 이날은 가을비가 억수같이 쏟아져 지금도 기공식 날의 기억이 생생하다.

1993년 9월 24일 개관한 농업박물관은 농촌생활문화실과 전통농기구실을 통해 젊은이들에게 전통농경문화를 알게 하는 현장이 되고, 나이가 드신 분들에게는 향수를 느끼는 고향집 같은 곳이 되고 있다. 지금은 규모도 확대되고 전시물도 다양하며 농촌생활체험의 보람 있는 장소로 발전 되고 있다.

≋ 농기구열전

농기구가 사라져 가기 때문에 거기에 서려 있는 농민의 애환을 글로 남겨 전할 필요가 있다. 나에게 농기구에 대하여 시 쓰기를 권고한 사람은 문학평론가 김재홍 교수였다. 김재홍 교수는 소장하고 있던 『한국농기구고(韓國農器具攷)』(김광언, 1986)를 참고 하도록 나에게 주었다. 나는 농기구를 깊이 파악하기 위하여 교보문고에 가서 농기구에 대한 책을 백방으로 찾았으나 참 귀했다. 『한국의 농기구』(박호석 외 2001)라는 저서 한 가지가 있을 뿐이었다.

나는 내가 체험하여 알고 있거나 생활을 통해 보아온 농기구를 하나하나 찾아서 '그 때 그 시절'의 고달픔을 담아 시로 쓰기 시작했다. 농기구에 관한 시를 써서 주변에 보여 본바, 농기구를 알지 못 하는 사람이 많다는 것을 새삼 알 수 있었다.

나는 어렸을 적 농기구를 체험했지만 쟁기질과 장군 지는 일은 해 보지 못했다. 내가 체험한 것은 체험하면서 느낀 것을,

직접 체험하지 못 한 것은 아버지와 작은아버지, 할머니와 어머니가 일하신 모습을 지켜보았기 때문에 그것을 내용으로 글을 써 보았다. 다만 당시 내 생활환경 속에 들어와 있지 아니한 농기구에 대해서는 손을 댈 수 없었다.

나는 '삽'을 보면 아버지, '호미'를 보면 어머니의 영상이 떠오른다. '삽'이 그냥 삽이 아니라 아버지 모습이며, '호미'가 그냥 '호미'가 아니라 어머니 모습이다. 고단한 살림을 이끌어 오시면서, 끈끈이처럼 매달린 식구들의 삶을 이어가기 위하여 얼마나 많은 땀을 뿌리셨는지, 그 농기구에 얼마나 무거운 고달픔이 스며들어 있는지, 지금도 생생한 느낌이 온다. 이것을 미흡하지만 시(詩)속에 녹여 내려 애를 써 보았다. 호미, 삽, 쇠스랑, 괭이, 지게 등 농기구 28개를 골라 〈농기구열전〉이라는 이름의 연작시를 엮었다.

이 시들은 『내 이름과 수작을 걸다』(2009.12.30 시학)에 실었다. 아직 시로 엮지 못한 농기구에 대하여 어느 시점에 계속 쓰고 싶다. 농기구열전 중에서 '삽'에 관한 시 한 편을 덧붙이고자 한다.

삽날에 기대어
-농기구열전 2·삽

1.
말갛게 씻은 얼굴 비스듬히 쉬고 있네

사랑채 디딜방앗간 해삭은 흙벽에 기대어
아버지 어깨마루 타고 한평생 들판을 오가던 삽 한 자루

균형 잡힌 양 어깻죽지 든든하구나
얄팍하면서 넉넉한 몸매에
날렵하게 굽이쳐 빛나는 삽날이
금방 땅심을 파고 들 기세인데

한쪽 죽지에 오른발 내딛고
힘주어 눌러대면 잽싸게 흙가슴살 헤집으며
흙찰밥 한 사발씩 퍼 올리느니
그 자리에 우리 식구 밥상이 차려졌네

2.
눈코 뜰 새 없는 농사철이면
목마른 물살 살랑살랑 드나드는 몰꼬 삽
땡가뭄 무논에 스며드는 물줄기 밤새 바라보며
아버지, 한데 수심처럼 앉아 있을 때

논두렁에 붙박여 서서 시름 함께 나누는 그림자더니
아버지 삽자루 손 놓아 버리시던 날
내 손에 들려 이승 끝 방바닥 고웁게 다지고
관 위에 한 지게 흙눈물을 쏟아 묻었네

(영암 2010년)

아호에 얽힌 이야기

사람의 칭호에는 여러 가지가 있다. 어렸을 때 부르는 아명(兒名), 성년이 되었을 때 부르는 자(字), 어른을 부를 때 쓰는 휘(諱), 공로를 기려 사후에 내려지는 시호(諡號), 자유롭게 부를 수 있는 아호(雅號)가 있다.

아호는 허물없이 부를 수 있어 사회적으로 활동한 성숙한 어른들이 친구를 부를 때 많이 쓴다.

내가 전라남도 관광운수과장 시절 『전남관광지』를 발간하는데 이은상 선생을 모셔다가 「독후감」을 받을 때였다. 김정기 관광계장과 함께 서울 댁을 방문했다. 큰 방에 혼자 계셨다. 자그마한 키에 통통하며 유난히 귀가 크게 보였다. 말씀을 사근사근 하셔 정다움이 마음을 끌었다. 그는 광주에서 호남신문 사장을 역임한 바 있어 친구도 많고 전남을 잘 아신다. 그래서 노산 선생의 「독후감」을 받고자 한 것이다. 쾌히 응락을 받았다. 앞 창문 벽에 종이 한 장에 '내 일생 조국과 민족을 위하여'라는 글씨를 펜으로 써서 붙여 놓았다. 박정희 대통령이 쓰시는 '내 일생 조국과 민족을 위하여'라는 글귀이었다.

이은상 선생의 글을 받기 위해 도청 앞에 있던 관광호텔에 모셨다. 선생은 광주에 있는 친구들과 즐겁게 대화를 나누었다. 참으로 유쾌한 만남인 것 같았다. 광주여객 박인천 사장, 최태근 전 광주사세청장 등 몇 분이 자리를 함께 했는데 서로 아호를 부르며 시간을 즐겼다. 나는 그때 아호라는 것이 친구 간에 허물없이 부르는 정다운 이름이구나 생각하고 아호의 중요성을 느꼈다.

나와 김정기 계장은 옆방에서 원고지를 갖다놓고 글을 쓰시도록 했다. 원고지를 잠시 살펴보다가 첫머리에 펜을 대시더니 원고지 끝줄애서 글을 마치는 것이었다. 참으로 놀라웠다. 당대의 문장의 대가요 천재라는 느낌을 나에게 깊이 심어 주었다. 지금도 그분의 글을 좋아한다.

대학 입학시험을 보러 목포역에서 기차를 타고 서울에 가는데 기차칸에서 통통한 대학생을 만났다. 내 앞에 서 있었다. 두툼한 외투 왼쪽 가슴에 고대 뱃지를 달고 있었다. 부러웠다. 그가 나에게 말을 걸어왔다. 입학시험 보러 가느냐고. 어느 대학 무슨 학과에 지망했느냐고 물어서 서울대 문리과대학 정치학과라고 말 했더니 관상을 보고 그런지 나에게

"이과계로 가는 것이 좋을텐데요" 라고 하는 것이었다.

나는 별난 사람이라는 생각이 들었다. 나의 이름을 물어 알려주었다. 나도 "형씨 존함이 무엇이신가요?" 하고 물었다.

그는 벌교가 고향이라고 하면서 이름 대신 자신의 아호를 알려주는 것이었다. 지금은 그 아호를 잊었지만 이름을 안 알려주고 아호를 대다니. 1학년을 마치고 2학년에 진급하는 대학생인데, 몹시 황당했다. 그 이후로 나는 아호 쓰는 것을 꺼려하게 되었다.

실은 나도 일찍이 자작 아호를 쓴 적이 있다. 고등학교 때 문학을 한답시고 친구들과 함께 시 모임을 만들어 일주일에 한번씩 시를 지어 서로 평가하는 자리를 가졌다. 강대진(영화감독) 최규섭(재일 언론인)이 그들이다. 우리는 각자 아호를 지어 시에 이름 대신 아호를 붙였다. 강대신은 성림(聖林), 최규섭은 운곡(雲谷), 나는 임호(林湖)라 했다.

성림 강대진은 원래 연극에 소질이 있어

"석홍아 봐라, 내 눈에서 금방 눈물이 난다." 하며 눈물을 어느 때나 나오게 할 수 있는 특기를 가셨다. 아호도 미국의 할리우드(Holy Wood)를 머리에 두고 성림이라고 지은 것이다. 그는 결국 '마부' 등 걸작을 내놓은 유명한 영화감독이 되었다.

운곡 최규섭은 영암 덕진 출신으로 일본에 건너가 언론계에서 활동 했다. 멋진 호를 지은 것 같았다.

나는 숲속의 호수같이 조용히 사색하는 것을 좋아해 그냥 임호라고 지었다. 지금도 고등학교 때 글에 임호라고 써 넣은 것을 생각하면 쓴 웃음이 나온다.

광산군수 시절 광주 라이온스를 주관했던 전남매일 박철 편집국장의 주선에 의해 송정리에서 라이온스클럽을 조직했다.

거기에는 광산농협 강동호 조합장, 주유소를 경영 하던 전운종 사장, 실업가인 정인해 사장, 이경도 사장 등 명망 있는 인사들이 함께 했다. 나도 입회하라고 해서 참여 했다. 그런데 모두 아호를 하나씩 지어 이름 대신 아호를 부르게 되어 있었다. 모든 회원이 맑은 청(淸)자를 넣어 짓도록 했다. 내 아호는 청석(淸石)이라 지어 주었다. 각자의 성격에 맞추어 지어 주었는데 내게는 돌석(石)자가 들어갔다. 이 아호는 이 모임에서만 이름 대신 사용했다.

나는 공직생활을 하면서 아호를 지어 써 본적이 없다. 그런데 전라남도 도지사 시절 내가 아호가 없는 것을 알고 아호를 지어서 보내준 분이 몇 분 있었다. 그러나 채택하지 않았다. 그러던 중 나와 가까이 지내던 장성의 한학자 산암 변시연(汕巖 邊時淵) 선생께서 내 집무실에 찾아왔다. 흰 수염을 우아하게 기르고 늘 한복차림으로 다녔다. 나에게 아호를 지었다고 내 놓으신 것이다. 그 아호가 푸를취, 돌석, 취석(翠石)이다. 산암 선생은 취석청장(翠石淸莊)이라는 편액까지 가져와 열심히 취석의 의미를 설명해 주었다. 그리고 해설서를 나에게 주어 가지고 있다. 내용은 다음과 같다.

「취석소서(翠石小序)」
본인이 본 바로는 본도(本道)에 부임한 여러분 지사(知事)들 가운데 전지사(全知事)처럼 여러 가지 업적을 남기되 특히 문예(文藝)에 치중한 이는 없었다고 본다.

그러므로 정화(政化)가 크게 행하고 칭송이 전 지역에 넘치니 그 대략을 몇 가지 말하자면 도사(道史), 교·원지(校·院誌), 문예지(文藝誌), 인명록(人名錄), 면편람(面便覽) 등을 편간(編刊)했고 충효교육(忠孝敎育)과 고적보수(古蹟補修)에 크게 치력(致力)하고 여러 명인(名人)의 매몰된 유집(遺集)을 널리 찾아내어 발간 보급하는 등 고문연구(古文硏究)에도 크게 배려하고 있으니 이것이 어찌 보통사람들의 하는 일과 다른 점이 아니겠는가?

내가 그 별업(別業)에 감동되어 翠石이라고 게액(揭額)하였는바 그 의미를 설명하면 먼저 전지사(全知事)님의 선조 가운데 만취공(晩翠公)이 있고 취(翠)는 송백(松柏)이 늦도록 푸른 상(像)을 뜻하는 것으로서 선조를 계승하여 후손에게 물려주는 의의도 겸한 것이며,

석(石)은 서석(瑞石)인데 서석(瑞石)이 무진(武珍)의 주산(主山)으로 도민(道民)들이 모두 첨앙(瞻仰)하기를 남산(南山)의 유석(維石)〈시경(詩經)에 나오는 절피(節彼) 남산(南山) 유석(維石) 암암(巖巖)에서 말한 주(周)나라 백성이 우러러 숭앙(崇仰)했던〉에 못지않는 것이다.

때문에 오늘의 서석(瑞石)의 석(石)이 후일(後日)에 남산(南山)의 석(石)이 될 수 있지 않겠는가.

나는 이렇게 기대하고 취석(翠石)이 민족과 국가를 위해 더욱 힘을 다 할 것을 기대함이로다.

丙寅(1986)仲秋節에 汕巖子 邊時淵 지음

　공직생활 중에는 물론 정치활동을 할 때도 아호를 쓰지 않았다. 부득이 꼭 써야 할 때는 아호를 알려주는데 그쳤다. 아호를 써 넣어야 할 때면 취석(翠石)이라 기록해 넣었다. 내 아호를 넣어 이름을 지은 누각 취석루(翠石樓)가 있다. 왕인박사가 일본으로 출항한 상대포에 영암군에서 건조했다. 세월이 흐르면서 아호가 이름을 함부로 부르는 것 보다는 존칭도 없이 부를 수 있어 편리한 것 같아 좋다는 생각이다. 나도 이제 아호에 익숙해 진 것 같다.

(2024년)

내가 겪은 박경원(朴璟遠) 장관

박경원 장관은 기본적으로 굉장히 성실하면서도 자상한 성격의 소유자다.

업무 추진면에서는 집념이 강하고 치밀해 공문서의 오자 하나까지도 지적해 낼 정도였다. 이같은 치밀함은 연두보고 등 내무부의 모든 행사를 시나리오화한 행동지침을 마련, 「몇시 몇분 어떻게 행동한다」고 정해 빈틈없이 그대로 실천토록 했는데, 지금도 내무부에서 활용되고 있을 정도다.

또 모든 행정사례나 사업은 「O번 사업」 등으로 숫자화해 행정의 과학화·표준화·통계화를 이루었다. 그러나 사석에서는 좌중을 장악, 지위고하를 막론하고 전혀 거리감 없이 즐거움을 주고 주위 사람들을 편안하게 해 주는 소탈한 성격이었다.

불같은 성격에 호된 기합을 주면서도 부하직원들의 세간살이까지 살피는 자상함도 있었다. 이 때문에 사적인 접촉만 해본 사람은 때론 공적인 면을 이해하지 못하는 사람도 있었다.

그는 집념과 승부욕이 유달리 강했다. 특히 간부나 측근들에게는 엄하게 대하면서도 하위직이나 지방근무자들에게는 항상 "일 잘한다"며 따스한 어머니처럼 대했다.

또 하나는 중앙보다는 지방위주의 행정을 펼쳤다. 일선 직원은 정부의 얼굴이라는 생각에 이들이 잘못하면 결국 정부를 욕먹게 하는 것이라고 믿고 이들이 잘 할 수 있도록 중앙이 도와주는 행정을 폈다.

또한 주민위주 행정을 펼쳤다. 일례로 「국민과 호흡을 같이 하자」 「국민을 부모같이 공경하고 형제같이 사랑한다」 「영예는 국민에게 공은 부하에게 책임은 나에게」라는 슬로건을 내걸고 행정을 펼쳤다.

그가 독특하게 자주 쓰던 용어 중 「누가 보거나 보지 않거나, 누가 알아주거나 알아주지 않거나」 「국민과 호흡을 같이하는 행정」 「있어서도 안 되고 있을 수도 없는」 등은 그의 지휘철학을 반영하는 것으로 아직도 기억에 새롭다.

특히 「살살 강력히」라는 말은 사업을 추진할 때는 강력하게 추진하되 주위에 불편함을 주지 않도록 요령 있게 하라는 뜻으로 그분의 외유내강형 성격을 잘 반영하고 있다고 생각된다.

일반적인 지휘관들은 어떤 지침을 주지도 않고 가만히 앉아 있다가 일이 잘 풀리면 자기 덕이고 문제가 발생하면 "거봐라" 식으로 무책임 행정을 펴는데 반해 그분은 이같은 폐해를 바로 잡기 위해 항상 정확한 행동지침으로 실수가 없도록 배려했다.

또 일선기관장의 애로사항이나 문제점 지적에는 귀를 기울이고 이를 시정하는데 인색하지 않았으며 결재 때는 간부들에게

6하 원칙에 따라 꼬치꼬치 따져 물어 사전에 철저히 공부하지 않고 갔다가는 불호령을 당하기 일쑤였다.

(중앙일보 1994년 5월 22일)

3부

은사의 정년퇴임

지난 8월 27일, 서창초등학교 교장으로 재직 중이시던 은사 신정구(申廷龜) 선갱님의 정년퇴임식이 있었다. 이날따라 억수같이 쏟아지는 비를 무릅쓰고 퇴임식에 참석했다.

식장은 우리들이 초등학교에 다닐 때와 마찬가지로, 교실 두 칸을 튼 강당이었다. 교육장, 부군수, 면장 등 지방기관장과 유지, 많은 학부모, 그리고 나의 초등학교 동창생 20여명과 다른 많은 제자들이 빽빽히 자리를 메웠다. 맨 앞자리에는 5,6학년생인 듯한 꼬마학생 2,30명이 자리를 잡고 있었다. 나는 '내가 초등학교 다닐 때도 저렇게 어렸겠지' 하고 생각하니, 참으로 아득한 꿈만 같은 초등학교 시절이 주마등처럼 머리를 스쳐갔다.

인간은 주변 사람들의 영향을 받으면서 성장하고, 인격이 형성되어 간다. 어렸을 때는 어머니의 영향을 가장 많이 받으며 자라고, 학교에 들어가서부터는 선생님의 영향을 받으며 글을 익히고, 인격이 조금씩 형성되어 간다.

초등학교 선생님 가운데, 나에게 가장 많은 영향을 주신 선생님은 세분이시다. 그 한분은 퇴임식에 참석하신 서창면 출신 박기섭(朴基燮) 선생님이시다. 박 선생님은 초등학교 2학년 때 담임선생님으로, 5년 전에 초등학교 교장으로 정년퇴임 하셨다. 선생님은 당시 학교로부터 7리쯤 떨어진 마을에 숙소를 정하고 계셨는데, 학교에서 저녁 늦게 귀가하실 때는 꼭 소재지에 살고 있던 나를 데리고 가 숙소에서 공부를 하게 하고, 같이 자곤 했다. 나는 그때 선생님의 제자에 대한 따뜻한 사랑을 알았다.

또 한분 선생님은 군서면 구림출신으로 이미 유명을 달리하신 최대원(崔大元) 선생님이시다. 선생님은 초등학교 4학년 때 담임선생님으로 나에게 평균 100점을 주시어 지금도 우리 애들에게 장난삼아 평균 100점 맞은 적이 있다고 자랑하면 핀잔을 주기도 한다. 선생님은 나에게 오로지 노력하는 것이 성공의 길이라는 것을 강하게 심어주셨고, 고향사랑에 대하여 깨우쳐 주셨다. 그리고 어렸을 때 웅변과 토론방법을 가르쳐 주시었다.

또 다른 선생님이 오늘 정년퇴임을 하시는 신정구 선생님이시다. 신 선생님은 초등학교 6학년 때의 담인선생님이셨다.

내가 초등학교 5학년 때 부임하시어, 1년 선배인 6학년 담임을 하셨으며, 바로 이어서 다시 6학년을 맡아 가르치시었다. 당시 20 갓 넘은 젊은 선생님으로 오만하리만큼 당당한 모습에 학생들을 유창한 말로 잘 가르치시었다. 생각하면 6학년 때 선생님의 속을 많이 썩혀드리기도 했다. 그런 가운데 나는 선생님으로부터 많은 교훈을 체득했다. 학생은 오로지 공부만을 열심히 해야하며, 학생이 학교에서 공부를 배우는 것은 글자만을 배우는 것이 아니라, 글자 뒤에 숨어 있는 의미와 배경을 깨우치고 선생님으로부터 풍겨오는 인격의 체취를 일상교육과정을 통하여 흡수하는 것이라는 가르침을 받아 지금까지 가슴속 깊이 간직하게 되었다.

이와 같은 영향들은 나의 성장과정에 있어서, 옆으로 흐르지 않도록 지탱해주는 역할을 해 주었고, 갈등이 있을 때 나침반의 기능을 해 주었다. 선생님의 가르침은 참으로 중요하며 선생님의 영향으로 우리가 이렇게 성장했다고 생각하면 감사한 마음 그지없다.

초등학교 시절, 실로 오랜 세월이다. 달리 생각해 보면 짧은 기간 같기도 하다. 초등학교 때의 선생님이 마지막으로 퇴임하신다니, 어쩐지 허전하기만 했다. 이제 우리들, 동창생들의 얼굴 얼굴에도 주름살이 깊게 괴어 있다. 인생여정이 이렇게 흘러가는가 보다.

우리는 많은 분들과 교실의 나지막한 꼬마의자에 앉아 책상 위에 마련한 즐거운 점심을 마치고 박기섭 선생님을 모시고 독천으로 나가 독천다방에서 차를 함께 하면서 즐거운 얘기의 꽃을 피웠다. 초등학교 때의 우스꽝스럽던 서로의 모습들을 더듬어 웃음을 터뜨리기도 했다. 여기에는 아무런 흠이 없다. 화낼 것도 없다. 욕설 같은 얘기도 욕설일 수 없다. 많은 세월을 살아온 사람들이 어린이가 되어버린 것이다. '늙은 어린이들', 나는 이렇게 생각했다. 어린이들은 앞만 보고 나아간다. 그러나 '늙은 어린이들'은 뒤를 되돌아보며 즐거워 하였다 더욱이 추억이 마디마디 서린 고향에서…. 영국의 자연시인 워즈워즈가 「무지개」란 시에서 '어린이는 어른의 아버지'라 읊은 깊은 의미를 어렴풋이 알 것 같았다.

　우리는 해남식당으로 자리를 옮겨 낙지볶음을 갖다놓고 보해소주로 시간 가는 줄 몰랐다. 그렇게 마음이 안정되고 차분할 수가 없었다. 그렇게 잔잔한 즐거움이 깔리는 동화 같은 분위기일 수가 없었다. 그렇게 우리 모두가 똑같은 닮은꼴일 수가 없었다. 키도 같고, 입, 코, 얼굴이 모두 똑같은 느낌이었다. 고향은 좋은 것, 어렸을 때 고향 친구는 영원한 것, 그러기에 고향을 찾고 아끼며, 뿌리를 같이 한 고향 분들과 자리를 같이 하기를 바라는 것이다.

(향우회보 1992년 10월)

비석거리 이야기

고향 마을에는 비석거리가 있다. 마을 돌담 골목에서 빠져나와 옛 면사무소 자리에서 왼쪽으로 조금 돌아가면 충신 전몽성과 효자 전몽태를 기리는 충효문이 정좌하고 그 옆 바위 위에 의병장 전몽성의 신도비가 서 있다. * 우리는 여기를 비석거리라 불렀다.

비석거리에 올라 내려다보면 신작로 건너 측백 담장으로 둘러싸인 초등학교 운동장이 한눈에 들어온다. 측백 담장에는 학생들이 끼어 다니는 구멍길이 나 있어 그곳으로 몰래 드나들었다.

놀이터가 없었던 때라 우리들은 자주 비석거리에 가서 놀았다. 비석 바닥에 앉아 얘기를 나누거나, 비석을 붙들고 빙빙 돌거나, 비석 주변 바위 위를 뛰어다니거나 하는 것이 우리들 놀이였다.

내가 초등학교 6학년 때 동맹휴학을 주동했다가 퇴학을 맞은 적이 있다. 반성의 기미가 없다고 하여 교무실에 가서 현창호

교장 선생님으로부터 퇴학장을 받아들고 태연히 집에 가서 책보자기를 공부방에 놓아둔 다음 혼자 비석거리에 가서 학교 운동장을 내려다보고 있었다. 그날이 바로 6학년 졸업사진을 찍는 날이었다. 학교 운동장에는 의자를 갖다 놓고 사진 찍을 준비를 하고 있었다. 학생들도 모여들고 있었다.

비석거리에 내가 혼자 있는 것을 본 길경근과 김사옥이 측백 구멍길로 뛰쳐나와 눈물을 글썽이며 함께 가서 졸업사진을 찍자고 졸랐다. 나는 이미 학생 신분을 잃었으므로 완강히 거절했다. 그래서 나는 졸업사진이 없다.

졸업사진을 찍고 난 뒤 친구들이 비석거리로 몰려와서 선생님 모르게 냇갈 가 수양버들 아래 가서 우리들끼리 사진을 찍자고 손을 잡아끌었다. 친구들 따라 냇갈 가 나이테 텅 빈 수양버들 아래 가서 우리들만의 졸업사진을 찍었다.

버들학교

시냇가 수양버들 두 그루
바람서리 도사린 나이테 스러져가도
봄이면 낭창낭창 휘어지는 버들개지들
쑥대머리 휘휘 휘날리면서
남도창 물 장단에 춤사위판 벌어졌네

초등 졸업사진 찍는 날 한반 꼬막손들 그날 퇴학 맞은

내 손을 끌고 가 수양버들 파란 뜨락에서 우리만의 졸업사진
함박꽃 활짝 피었네 수양버들 나붓나붓 학교가 되어 주었네

시간이 멈춰 선 흑백사진 한 장
밟고 온 그때 노둣돌 그대론데
그 자리 지금도 지켜서 있는가

내 고향 수양버들 학교

초등 6학년 때 동맹휴학으로 퇴학을 맞으면서 '학생은 공부
만 해야 한다'는 깨달음을 얻은 나는 중학 1학년 때 초등 2년
선배 배응종의 학생단체 입회 권유를 물리쳐 함정에 빠지지 않
고 지금에 이르렀다. 되돌아보면 까마득한 여정이다. 나는 고
향에 들릴 때면 어렸을 때 놀던 비석거리에 가보곤 한다. 그러
나 지금은 나 혼자 서서 옛날의 회상에 잠길 뿐이다.

모두들 어디 갔나
-비석거리 추억

껄껄대는 웃음소리 귀청을 울리는데

늘 모여 놀던 비석거리
시누대밭 쉬쉬 바람을 잠재운다

침울의 늪에 빠져 허우적거릴 때
경이 옥이 찾아와 마음을 달래 주고

졸업사진 함께 찍자
글썽글썽 눈물로 돌려 대던 흑백필름

지금도 비석거리 깃발로 나부끼는데
모두들 어디 갔나
홀로 나그네 되어 그림자를 더듬어 보네

*지금은 의병장 전몽성 신도비가 약간 내려 서 있고 왼편에 효자 전몽태 신도
비가 옮겨와 나란히 서 있다.

(2007년)

서호강문화권에서 자라다

⟍⟍ 서호강문화권이란?

나의 성장기를 되돌아보니 서호강문화권에서 보고 들으며 자랐다는 생각이 든다. 영산강의 주류에서 한 줄기가 성재리 포구와 양장리 사이로 굽이져 드는 안쪽이 서호강이다. 학파간척지 제방공사(1940~44) 이후 뱃길이 끊겨졌다.

서호강문화권은 물론 영산강문화권에 속하지만, 나는 이 서호강 일대, 즉 서호강을 사이에 두고 마주 선 월출산과 은적산 간의 지역에 형성된 문화권역을 서호강문화권이라 명명해 본다.

서호강을 둘러싸고 문화유적지와 역사적 인물의 발자취가 다양하게 분포되고 있어, 이곳에서 자라난 젊은이들에게 문화인식 수준을 높여 주고 자긍심을 심어준다.

≋ 옛날의 서호강

뱃길이 막히기 전 서호강에는 상대포 항구가 있어 고대에는 국제항으로 당나라와 일본으로 다니는 뱃길이 열렸다. 왕인박사는 상대포항에서 배를 타고 난바다를 건너 일본에 학문을 전수하였다. 통일신라시대에는 최치원, 김가기, 최승우 등이 여기에서 승선하여 당나라로 유학을 떠났다.(이중환 택리지 1751)

엄길마을 사장나무를 지나 둑길을 따라 바닷가로 가면 목포에서 오는 돛단배가 닿는 선착장이 있었다. 거기에 친구 정봉이 집 한 채가 있었다. 나는 어렸을 적 아침 일찍 어머니를 따라가 목포에서 들어온 돛단배에 처음으로 올라, 씨고무마를 사온 적이 있다. 썰물 때 정봉이와 나는 짱뚱이를 잡는다고 대막대기를 들고 뻘바탕을 헤매다가 허탕만 쳤던 기억이 엊그제 같다.

안쪽으로 들어가면 서호강이 학산천과 맞닿는 지점이 있다. 이곳을 아천포(牙川浦)라 칭한다. 아천포에 가까운 서호강을 '아시내개'라 부른다. 아천포는 옛날 배가 닿는 포구(浦口)였을 것이다. 입지의 중요성으로 인해 서호면 지서(파출소)가 6.25전까지 아천포에 위치하고 있었다. 지금은 소재지인 장천리로 옮겼다.

엄길과 구림 사이 서호강에는 '대섬(竹島)'이 있어 여러 문객들이 배를 타고 드나들며 시문을 읊고 월출산과 주변의 풍광을 만끽했다 한다. 지금은 육지의 외딴 산처럼 보이는 '대섬' 옆을 지나다닐 때면 옛날 풍경이 상상의 나래를 편다.

∭ 생활주변의 문화유적

나는 은작산 아래 장천리에서 태어나 자랐다. 산수가 좋아 예로부터 선인들이 터전을 잡아 살아온 역사 오랜 마을이다. 마을 앞들에서는 선사주거지(先史住居址)가 발굴되어 교육장으로 재현해 놓았다. 지방기념물 98호로 지정하여 보존되고 있다.

선사주거지 주변 밭에는 청동기시대 고인돌인 장천지석묘군(長川支石墓群) 17기(基)가 지방기념물 82호로 지정되어 있다. 나는 어렸을 적 주택 가까운 밭에 있는 고인돌에 올라가 친구들과 놀고 고인돌 밑에 무엇이 있는지 들여다보곤 했다.

엄길마을 뒷산의 우람한 쇠악바우 위쪽, 7부능선에 속칭 '글자바위'가 있다. 그 좁은 틈새 바위벽에 새겨놓은 암각매향비가 잘 보존되어 있다. 고려 충목왕 원년에 새긴 암각매향비로서 보물 1309호로 지정되었다. 은적산 하천수와 서호강물이 마주치는 인근에 입지하고 있다는 면에서 다른 매향비와 공통점이 있다.

∭ 구림 나들이

초등학교 때 소풍은 언제나 도갑사로 갔다. 그래서 구림은 친근한 곳으로 마음속 깊이 각인되었다. 당시에는 학파간척사업이 마무리되기 전이라 아천포-신복촌-구림 신근정을 지나 유리알 같은 월출산 계곡물을 따라 도갑사에 다다랐다. 해탈문에 발을 내밀자 눈알 부릅뜨고 금방 내려칠 듯 크나큰 주먹을 치켜든 사천왕이 오싹 움츠리게 했다. 대웅전을 지나 뒤쪽 산길을 조금 올라가니, 미륵전 들머리에 물보라를 일으키며 쏟아지는 용수폭포수가 눈앞에 다가왔다. 깊이 모를 물속에는 용이 산다는 소문이 있어 쌍뿔 달린 용이 금세 솟구쳐 오를 것만 같아 공포감에 휩싸였다.

오가는 길에서 본 구림 봄철 벚꽃은 지금도 내 마음의 뜨락에 화사하게 피어 있다. 그 벚나무가 고목이 되어 백리 벚꽃길의 터줏대감처럼 자리를 지키고 있는 모습이 의젓하다.

고등학교 1학년 때 친구 최재화의 안내로 구림일대를 둘러보았다. 크고 문화가 스며 있는 마을이었다. 회사정 정원에 있는 노송이 마치 고결한 선비가 우아하게 서 있는 모습 같았다. 여기에서 시상이 떠올라 「노송(老松)」이라는 시를 형상화하여 목포에서 발간되는 《학생주보》(강범우 선생 발간)에 게재하기도 했다.

비둘기들이 어린 도선국사를 구명하였다는 설화가 얽힌 '국사암'에 올라서니 신성(神聖)한 바위라는 생각이 밀물져 왔다. 이때 구림마을을 둘러본 감상을 담아 「국사암을 찾아서」라는 글을 써서, 1951년 발간된 『시의 마을 구림』(최재율 편집)에 실었다.

▨ 왕인박사를 기리다

왕인박사가 영암 구림 출신이라는 사실은 중학 2학년 때 장희경 선생님으로부터 동양사 시간에 들어 알게 되었다. 그때 흐뭇함을 느꼈다.

구림은 인물의 고장이다. 왕인박사, 도선국사, 최지몽의 출신지다. 나는 광주시장 재임 시 왕인박사유허비 재막식에 참석하고 유적지를 둘러보았다.

영암출신 대학생들로 조직된 낭주계 회원인 이환의 사장, 최재율 교수, 박광순 교수와 나는 왕인박사유적지정화에 대해 각별한 관심을 가지고 있었다.

서호강문화권에서 성장한 나는 왕인박사를 현창하는 사업을 시행하는 것이 책무라는 생각을 가지고 왕인박사유적지정비사업을 추진하였다. 왕인묘역(王仁廟域)의 정화에 이어 영암군에서는 왕인공원과 상대포역사공원을 통크게 조성하여 자랑스러운 문화유적지로 승화시켰다. 왕인문화축제도 백리벚꽃과 더불어 문화관광축제로 발전하였다. 나는 지금도 왕인문화의 향취에 젖어 활동하고 있다.

(성기동 제16호 2023년)

고향길

나는 정지용 시인의 「향수」를 좋아한다.

넓은 벌 동쪽 끝으로
옛이야기 지줄대는 실개천이 휘돌아 나가고
얼룩백이 황소가
해설피 금빛 게으른 울음을 우는 곳

-그곳이 참아 꿈엔들 잊힐리야.
　　　　　　　　-「향수」 부분

이 시를 읊고 있노라면 어느새, 있는 그대로의 옛 고향 풍경이 무지개처럼 아롱거린다. 깊은 은적산에서 발원하여 마을 앞을 가로 흐르는 시냇물, 계절 따라 피어 농사철을 알리는 비스듬히 뻗은 해묵은 마을 앞 목백일홍, 거기에서 시작 되는 넓지 않은 들판, 소를 뜯기던 논두렁과 산기슭…, 동심과 더불어 간

혔던 추억들이 한꺼번에 샘솟는다.

고향은 누구나 가고 싶은 곳, 어머니 품같이 따사로운 보금자리, 그래서 고향을 잃어버린 실향민들의 애틋한 고향을 그리는 심정을 헤아리고도 남음이 있다.

고향에서 나와 있는 출향인으로서, 언제든지 고향에 다녀올 수 있다는 것이 얼마나 행복한 일인가?

고향에는 예전에 살던 집이 있고, 선대로부터의 발자취가 짙게 스며들어 고장의 향취가 물씬 풍긴다. 함께 철없이 뛰놀던 친구들이 있어, 스스럼없이 마음을 터놓고 무엇이든지 격식 없이 지껄여도 흠이 되지 않는 자유로움이 있다. 옛날 같으면 사랑방에 모이나 지금은 시골에도 생긴 다방에 모여 방담으로 즐거운 시간을 보낼 수 있어 좋다.

고향은 가고 싶은 곳, 가서 옛날의 회상에 잠기고 싶은 곳, 돌부리 하나, 한 그루 나무에서, 어렸을 때의 이야기를 풀어내고, 사람이 살아간다는 것이 무엇인가를 음미해 보고 싶은 곳, 고향이란 아름다운 뿌리가 있기에 지금 꿋꿋이 실존해 있는지도 모른다.

나는 고향에 비교적 자주 다니는 편에 속한다. 공직생활을 전라남도에서 오랫동안 보낸 탓도 있지만, 정치를 한다는 큰 명에의 탓도 있겠다. 그러나 짊어진 직업적 업무를 위해서 고향에 다니는 것은 직업적 장소 개념으로서의 고향에 왕래하는 것이므로, 향수라는 정서가 듬뿍 담긴 그리운 고향에 가는 것과는 다르다.

진짜 고향길은 직업적 업무를 떠나 비워진 마음으로 고향을 찾아 향수를 간절하게 느끼는 것이다. 이 경우 마음의 부담도 없고, 어렸을 때 소풍 갈 때의 즐거움 같은 것이 함께 하는 것이라고나 할까? 대체로 명절 때 고향을 찾거나, 동창회다 무엇이다 해서 가벼운 마음으로 고향을 찾을 때가 그 부류에 속할 것이다.

나는 명절 때면 고향에 가서 성묘를 한다. 올해 추석에도, 집에서 차례를 모시고 고향에 다녀왔다. 추석날 아침 일찍 온 가족이 차례를 모셨다. 어른들은 물론이고, 어린 손자까지도 같이 차례를 모셨다. 우리 집에서는 차례뿐만 아니라 제사를 모실 때에도 애들이 어렸을 때부터 반드시 참여하며, 인사를 드리고, 잔을 올리도록 한다. 어렸을 때부터 조상숭배와 예법을 가르치어 몸에 배이게 하고자 하는데 뜻이 있다. 따라서 우리 집에서는 그렇게 하는 것이 당연한 것으로 받아들여지고 있다.

고향에 성묘 갈 때에는 아들과 큰손자는 꼭 데리고 간다. 나도 어렸을 때, 할아버지께서 명절 성묘 때에는 반드시 장손인 나를 데리고 다니셨다. 성묘가 끝나고 나면 이 산소는 누구의 것이며, 앞으로 어떻게 관리해야 한다고 가르치셨다. 그때는 그냥 따라다니면서 시키는 대로 하였지만 내가 크고 보니 현장교육이 몸에 체질화 되어, 지금 나도 큰손자를 데리고 다니면서 조상숭배 교육을 시키고 있는 것이다. 어렸을 때의 산교육은 참으로 중요한 것 같다.

금년에도 집사람, 아들, 큰손자가 함께 추석날, 고향에 내려

갔다. 광주에 연락해 동생들 가족과 합류해 은적산에 자리한 산소에 올랐다. 산은 옛날과 달라 무성하다. 어렸을 때 나무를 때던 시기에는 산판(山坂) 나무를 사서 모두 나무를 베어 지게로 저 내렸다. 나도 지게를 지고 나무하던 일이 어제처럼 떠올랐다. 애들에게, 내가 나무하던 일, 나무를 지게에 지고 내려 간 일들을 생생하게 설명해 주었다. 내가 자라던 때와는 너무나 거리가 있어, 애들 특히 큰손자가 들을 때에는 태고적 이야기로 들렸을지도 모른다. 할아버지, 할머니, 아버지, 어머니, 숙부님의 산소에 성묘를 하고 애들에게 누구의 산소라는 것을 설명해 주었다. 왜 이 자리에 모셨는지, 모실 때의 일화 등도 말해 주었다. 큰손자는 즐겁게 성묘하고 나의 설명을 귀담아 들었다. 큰손자도 크면 무의식중에 몸에 배어, 할아버지가 하신 것을 내가 하는 것과 같이 할 수 있을 것인가? 세상 환경이 달라져 살아가는 방식과 생각하는 것이 지금과 같지 않아 어떻게 될지 모를 일이다. 먼 훗날에는 가통이라는 공동체의식이 희박해지고 지금보다 개인 중심의 사고와 행태에 빠져 버릴지도 모를 일이다. 그러나 나는 나대로, 내가 해야 할 일을 할 뿐이다.

여하튼 금년 추석도 큰손자까지 데리고 가, 가볍고 즐거운 마음으로 성묘를 마치고 마을로 내려와, 고향집에 들렀다. 집에 살면서 관리하는 분이 있지만, 사랑채는 한쪽이 허물어지고 안채도 처마 한쪽 끝이 부스러져 빗물이 부엌 쪽으로 좀 샌다고 한다. 걱정이다. 다 쓸어버리고 짓기도 그렇고, 그대로 놓아두기도 그렇다. 최소한 가능하다면 보수라도 해야 할 판이다. 문제는 기둥, 서까래 등이 하도 오래 되어 온전할 것인가 하는 것이다.

고향집에는 내가 쓰던 공부방, 할아버지가 쓰시던 방, 안방, 툇마루 등 옛날 그대로 남아 있어, 어렸을 때 대가족이 같이 살던 모습이 주마등처럼 스쳐갔다.

뒷동산의 대나무 밭이 질서 없이 무성하고 숙부님이 심으셨다는 오래된 밤나무에서는 밤이 영글어 금방이라도 쏟아질 것 같다. 안채와 사랑채 사이에 있는 장두감나무에는 지금도 주렁주렁 감이 누렇게 익어가고 있다. 감을 딴다고 그렇게 자주 올라 다니던 그 감나무가, 예나 지금이나 똑같은 모양으로 나를 반기는 것 같은 느낌이다. 이 집의 내력을 알지 못하는 큰손자에게 나는 열심히 이곳저곳을 가리키며 설명해 주었다. 도시에서만 자랐기에 신기해 했을지도 모른다.

마을 앞 회관이 이젠 현대식 건물로 훌륭하게 지어지고, 주변 환경도 상당히 정리되어 있었다. 고향 마을도 옛터, 옛 모습 위에 많이 편리하게 현대화 되어가고 있다. 골목길에 차가 자유롭게 드나들고, 산길이 포장되고, 하천도 정비되었다. 점차 도시화, 규격화되어 가면서 생활에는 편리하나 낭만적인 자연미는 흐려져 가는 것만 같다. 마을 한쪽엔 몇 세대 안 되지만 아파트까지 자리하고 있다. 마을 경관과의 조화와는 관계없이 우뚝 자리한 것 같기만 하다. 얼굴을 아는 분들의 수도 차츰 줄어들어 오히려 모르는 얼굴들이 더 큰 비중을 차지해 가는 추세다. 이것이 발전적 변화라고나 할까. 이러한 변화 속에서 나는 나의 머릿속에 생생히 살아 있는 옛날, 그 자리의 모습과 지금의 모습을 도형적으로 견주어 보면서, 변화의 흐름을 찾아본다.

추석날 밤은 영암읍 아파트에서 보냈다. 네 가족이 한 방에서 잤다. 다음날 아침 높은 곳에 위치한 아파트 창문으로 내다보인 월출산을 보면서 나는 문득 웃음이 나왔다.

초등학교 4학년 때 담임선생님이셨던 구림출신 최대원 선생님께서는 영암에 관한 것을 가르치시고 시험문제도 영암에 관한 것을 내시곤 하였다. 시험문제 중에 "영암에서 가장 높은 산 이름이 무엇이냐?"는 것에 대하여 나는 거침없이 "월두산"이라고 적었다.

그렇게 쓴 것은 내가 살던 서호에서는 당시 월출산을 월두산이라고 불렀기 때문이었다. 선생님께서는 맞는 답으로 동그라미를 쳐주셨다. 제대로 따지자면 틀린 답이었다. 그때부터 나는 월출산의 이름을 정확히 알게 되었다. 이를 생각하니 쓴웃음이 나온 것이다.

그 월출산, 남자다운 기상의 자랑스런 국립공원 월출산, 월출산이 있기에 영암이 있고, 왕인박사, 도선국사가 역사 속에 빛난다. 월출산은 우리의 긍지로, 향수로 영원히 간직될 것이다.

(월출산 2002년)

고향마을 이야기

내가 태어나서 자라난 보금자리는 장천리(장동) 712번지이다. 동녘 월출산을 마주 바라보는 서녘 은적산 줄기가, 동녘을 향해 내달리다 멈추어선 동산 아래 자리하고 있다.

뒷동산에는 마을을 둘러 대나무들이 방풍림을 이루어, 겨울이면 온 몸통을 흔들어 대며 북풍을 막아낸다. 대나무밭 끝자락 종가 뒤란에는 동백나무들이 초봄이면 꽃을 피워, 몰래 나무에 올라 단물을 빨아먹기도 했다.

철따라 뻐꾸기 소리, 소쩍새 소리, 산비둘기 소리가 어릴 적 고향새 소리로 내 귓불에 박혀 있다.

대문을 나서면 은적산 구적골 열 두 골짝에서 흘러내리는 맑은 물이 시내를 이루어, 마을 앞 흔머리 들판을 적시고, 샘터에 샘물로 솟아올라 생명수를 내어주며 서호강을 거쳐 영산강으로 발걸음을 옮긴다.

시내에는 크고 작은 바윗돌들이 갖가지 형상을 이루며 은신처를 만들고 있어, 난리 때는 마을사람들이 피신하기 좋았다.

큰듬벙(고막듬벙) 작은듬벙이 있어 여름이면 멱을 감고 물장난을 치는 물놀이장이였다. 큰듬벙은 구적골로 올라가는 길목에 있어 멱을 감고 내려오면 다시 땀범벅이 되었다.

가뭄이 심할 때는 수량이 적어 앞들(혼머리들) 무논에 물을 대는데 애를 태웠다. 일제 말기 이웃마을에는 저수지를 조성했으나 구적골에는 점토 거리가 멀다하여 저수지를 축조하지 못했다. 뒤늦게 내가 도 농지개량과에 근무할 때 쌓은 저수지 장동제에 물이 가득 담겨 농사철 논물을 제공했다. 지금은 영산강 하구언이 준공 되어 담수화된 천금물(千金水)이 뒷동산 터널을 지나 우리 집 텃밭을 거쳐 풍족하니 물을 대어주고 있다.

혼머리 들판 하천 언덕에, 냇물을 굽어보며 비스듬히 서 있는 배롱나무가 마을의 역사를 나이테에 새기면서, 해마다 세 차례 꽃을 피워 농사철을 알리고 있다. 배롱나무 꽃은 영롱한 빛을 내어, 멀리서도 우리 마을임을 알려주는 표지화(標識花)이다.

배롱나무 아래 하천에는 물이 고이는 옅은 웅덩이가 있다. 언덕과 배롱나무 그늘이 생겨 여름에는 시원한 자리이다. 어느 해 나는 물이 고인 그 웅덩이에서 큰 장어 수십 마리를 잡았다. 지금도 내 추억 속에 그 장어들이 파닥거린다.

이웃에는 왼편에 전태홍 목포시장, 전종배 영암군의회 의장의 집이 있고 앞쪽에는 박철현 선생님의 집이 자리하고 있다. 대문을 나서면 왼편으로 아버지와 가장 가까운 친구 박옥기씨 댁이 있었다. 사거리에는 아름드리 아카시아가 늠름하게 서 있어 그늘에서 마을사람들이 모여 세상 돌아가는 얘기를 나누었다. 어릴 적 나도 거기 가서 놀았다. 여름 어느 날 태풍이 몰아쳐 그 아카시아가 쓸어져 사라져버렸다.

방천에는 아카시아가 즐비해 꽃이 필 무렵이면, 향기가 마을에 달콤하게 스며들었다. 냇갈가 샘터로 가는 길은 돌계단이 있어 나와 친구들은 계단을 오르내릴 때 가위바위보로 아카시아 이파리를 하나씩 떼어내며 오르랑내르랑 했다. 방천길 따라 조금 내려가면 옴팍한 자리에 우산각이 있었다. 농사꾼들이 논일을 하다가 뙤약볕을 피해서 쉬고, 나는 친구들과 거기 가서 놀았다.

그 아래쪽 천변에는 수양버들 고목 두 그루가 있었다. 초등학교 6학년 때 내가 퇴학 맞아 졸업사진을 찍을 수 없어, 친구들과 수양버들 아래서 기념사진을 찍기도 했다.

수양버들 근처에 대장간이 있었다. 친구들과 대장간에 가서 풍구질을 해보기도 하고 빨갛게 불이 달은 쇠붙이를 두들겨 쇠부스러기를 잘라내면서 대장장이 아저씨가 "줏어라" 하면 멋모르고 주으러 발을 옮기는 순간 깜짝 놀라 "줍지마!" 외치는 소리에 엉거주춤, 한바탕 웃어댔던 일이 어제 같다. 나중에는 그 자리에 이발관이 들어섰다.

마을 안길에는 양쪽에 돌담이 줄지어 성곽을 이루었다. 마을 안에 회관(전종무씨 집)이 있었다. 서당 선생님인 전병화 어르신이 구장(이장)이 되어 마을회관 관리를 했다. 거기에서는 야학이 열려 글을 가르치고 마을 사람들이 모여 회의도 했다.

마을에 면사무소가 있고 초등학교가 자리하고 있다. 학교가 마을에 있어 2부 수업 때는 지각을 잘 했다. 별수 없이 마루에 해그림자 표시를 해놓고 지각을 면했으나 며칠 지나 또 지각이 었다. 나중에 안 일이지만 낮이 길어지므로 해그림자가 점점 늦어지는 것을 까맣게 몰랐다. 지서는 아천포에 있다가 6.25 후에 소재지로 옮겼다.

은적산 줄기가 멈춘 포근한 자리에 의병장 전몽성과, 효자이 며 이괄의 난 때 큰 공을 세운 전몽태를 기리는 충효문이 있고 바위 위에 신도비가 서 있다.

신도비와 초등학교는 길을 가운데 두고 있어 어렸을 때 우리 의 놀이터이기도 했다. 당초에는 의병장 전몽성의 신도비만 있 었으나 그 후 전몽태의 신도비가 이설되어 나란히 서 있다.

지금 엄길에 있는 장동사가 우리 마을에 있었으나 1868년 대원군의 사우훼철령에 따라 철거되었다. 그 터는 종가집 동쪽 밭으로 남아 있었으나 지금은 집터가 되어 있다. 해방 후 1946 년에 엄길리에 유림들의 발의에 의해 다시 세워졌다. 장동사는 의병장 전몽성, 동생 전몽진 전몽태 삼형제를 기리는 사우이 다.

은적산 구적골은 전씨 소유 산이다. 나무로 겨울을 나던 시절 이라 늦여름과 초가을에는 산판(山坂) 나무를 저 내리는 지게 꾼이 행렬을 이루었다.

한때 충청남도 당진 출신 김 아무개가 옥룡골 올라가는 산 중 턱에서 금광을 캐면서 물레방아를 놓아 돌렸다. 나는 친구들과 물레방아 안쪽에 타고 물레방아 돌아가는 속도에 맞추어 달리며 깔깔댔다.

지금은 바람따라 구름따라 사라져버린 흔적들, 내 머릿속에서만 그리움으로 맴돈다.

(2023년)

고향집은 고향이다

고향을 생각할 때면 먼저 생각나는 곳이 고향집이다. 거기서 낳아 자라고 가족들과 일상생활을 함께 해 왔으며 선대들이 생을 마친 자리이기 때문이다. 나의 성장 흔적이 알게 모르게 가장 진하게 많이 남아있는 자리이기 때문이다. 고향은 그곳을 떠난 사람이 바라보기만 해도 기쁨을 느낀다고 말해 오고 있는데(舊國舊都 望之然-莊子) 하물며 고향집은 어떠하겠는가.

우리 집은 산골짜기인 서호면 장천리 장동부락에서도 위쪽에 자리하고 있다. 월출산을 바라보고 병풍처럼 펼쳐있는 은적산의 오른쪽 첫 산줄기가 굴곡을 이루며 뻗어 내려 멈추어 선 동산 밑에 자리 잡고 있다. 뒤란은 마을을 성벽처럼 둘러치고 있는 대밭이 대바람 소리를 내면서 서 있고 그 밑 동산 아래 안채가 남향으로 자리하고 있다. 허리를 구부리고 서 있는 해묵은 감나무를 사이에 두고 대문 달린 사랑채가 동쪽을 향하여 울타리처럼 가로 서 있다. 그 뒤쪽은 텃밭이 넓게 펼쳐 있어 푸성귀가 자랐다. 대문 아래쪽엔 측간채가 있고 동쪽 담장 구석에는 닭장이 있었다. 전란 때는 이 닭장 밑에 비밀리에 굴을 만들어 할아버지와 아버지께서 나를 숨어 있게 한 곳이어서 하루 쪼그리고 있었던 기억이 생생하다. 안방에서 창문을 열면 정면 담장 안에 어머니가 부처처럼 아낀 바윗돌이 가부좌를 틀고 앉아 있다. 거기에는 고추나 깨를 열기도 한 마당 돌바위이다.

집이 남향이고 동산이 있어 따뜻했다. 겨울철 독천장날 장보러 다녀오시면서 우리 집 쪽을 바라보면 눈이 가장 먼저 녹기 시작한 곳이 우리 집 동산이라고 어머니께서 늘 말씀하셨다. 대밭과 동산에는 세 그루의 감나무와 한 그루의 밤나무, 한 그루의 무화과나무가 있어 열매가 열리면 나무에 올라 따거나 열매를 주어먹으면서 자랐기 때문에 추억이 짙게 걸려있다.

안채에는 부엌과 안방, 안고방과 바깥고방, 툇마루에 맞붙어 있는 내 공부방, 그 옆에 할아버지의 방이 작은 부엌을 달고 있다. 사랑채에는 한때 내 공부방으로 썼지만 개조한 곳간이 있고 마구간이 딸린 사랑방이 있다. 그 옆에 디딜방아간과 대문이 있다.

안채 공부방에는 내 초등학교 친구들이 자주 드나들었다. 중학교 갈 때까지 내 생활터전이었다. 초등학교 6학년 시절 내가 동맹휴학을 주동하여 퇴학을 맞아 집에서 독학하고 있었을 때는 방과 후면 친구들이 그날 배운 공책을 가져와 나에게 보여준 방이기도 하다. 내 방에는 책상 하나가 있었다. 그것은 강진읍에 사시는 일가 할아버지가 목수 일을 하시고 계셔서 손수 만들어 보내주시어 초등학생 시절 내내 그 책상을 썼다.

툇마루는 나에게는 삶의 교육장과 같은 자리였다. 어렸을 때 할아버지께서는 새벽같이 일어나셔서 마당을 대빗자루로 쓰시면서 나를 깨우셨다. 그리고 세수를 하고 나서 마루에 앉아 소리 내어 글을 읽도록 하셨다. 만약 조금이라도 더듬거리면 호통을 치셨다. 그래서 나는 미리 읽기 편한 산수책을 골라 유창하게 읽는 연습을 해두었다가 아침에 마루에서 술술 읽었다. 그 뒤로는 잘못 읽는다는 꾸지람을 면할 수 있었다. 그래서 툇마루는 어렸을 적 나의 아침 독서실이었다.

여름 어느 날 혼자 마루 끝에 엉덩이를 걸치고 두발을 덜렁덜렁 흔들고 있었다. 이를 보신 할아버지께서는 마루 위에 올라앉든지 발을 토방에 대고 서든지 해야지 다리를 흔들고 앉아 있으면 안 된다 하시며 바로 잡으라 했다. 그 뒤 나는 마루에 다리를 걸치고 있는 버릇을 고쳤다.

또 여름 어느 날 아버지와 둘이서 겸상을 하고 툇마루에서 점심을 하고 있었다. 내가 밥을 숟가락에 잘못 뜬 바람에 밥 한 덩어리가 마룻바닥에 떨어졌다. 나는 그것을 주어먹지 않고 집어서 마당에 던져 버렸다. 그것을 보신 아버지께서는 화를 내시면서 그 밥알에 땀방울이 얼마나 들어 있는 줄 아느냐고 나무라시면서 밥알을 절대 버려서는 안 된다고 말씀하셨다. 나는 그 뒤로 밥알이 떨어지면 주어서 먹고 밥그릇에 남은 밥톨을 남김없이 긁어먹는 습관이 몸에 배었다. 지금도 나는 밥알을 주어먹을 때면 그 일을 머리에 떠올리곤 한다. 이와 관련하여 나는 이런 시를 쓴 적이 있다.

볏짚

누이야 너는 아느냐
벼 줄기가 부르튼 발 물에 담그고
쏟아지는 뙤약볕 모진 비바람 속
진국 다 빨려 이삭 하나 키워낸다는 것을,

때론 헉헉 숨 막히는 가뭄 속에서
발바닥 짝짝 갈라지고 손가락 타오르면서도
물 한 방울 찾아 발가락 굳은 땅속 파 들어가는 것을
이삭이 익어 가면 멍에처럼 무거워 무거워서,
조용히 고개 꺾고 휘어 내리는 것을

가슬이 끝나면 알곡 다 털리고
상흔처럼 이삭 자국만 녹슨 훈장으로 간직한 채
세월의 주름살같이 메말라버린 지푸라기가
아버지, 아버지, 아버지, 지금은
이엉 되어 우리 집 초가지붕 포근히 덮어주는데

어릴 적 '한 알의 밥톨에 뼈 빠진 땀
얼마나 담긴 줄 아냐 이눔들아 한 톨도 버려서는 안돼!'
타이르신 말씀 오늘도 십계명처럼 목구멍에 걸린다
　　　　　　　　　　　　　　　　－「볏짚」 전문

초등학교 이부 수업 때 이부로 등교하게 되었으나 시계가 없어 내 나름대로 지각을 하지 않고 학교 갈 시각을 어디엔가 표시해 둘 필요가 있었다. 학교가 같은 마을에 있기 때문에 시간이 많이 절약되고 집에서 공부할 시간을 더 가질 수 있었다. 나는 봄 어느 날 툇마루에 해그림자를 표시 해 두고 그 자리에 그림자가 다다르면 학교에 갔다. 처음 며칠은 지각을 하지 않았으나 며칠 뒤 지각을 하여 이상하다고 생각했다. 해가 점점 길어져 표시해 둔 자리에 그림자가 늦게 도달한다는 것을 몰랐다. 나는 혼자 쓴웃음을 지으며 나의 해그림자 시계를 쓰지 못하게 된 것이다. 이렇게 툇마루는 나와는 뗄 수 없는 나만 아는 인연을 가진 곳이다.

어렸을 적에는 사랑방에 가서 얘기를 들으면서 희미한 등잔불 밑에서 천자문을 쓰고 익혔다. 할아버지도 사랑방에서 친구들과 재미있는 얘기들을 나누시곤 하셨다. 겨울에는 마구간 문을 열어 놓고 참새 떼가 들어오기를 기다렸다가 새들이 들어오면 마구간 문을 닫고 사랑방 문을 열어 새를 사랑방 안으로 몰아넣어서 잡아 구워 먹기도 했다.

사랑채 곳간은 6.25전까지는 방으로 되어 있었다. 초등 1학년 때 내 공부방으로 쓰기도 했다. 이 방은 일정 시 공출이 심하여 곡식을 감추어두기 위해 만든 방으로서 겉은 방이지만 방 밑은 비어 있었다. 전란 때 할아버지께서 나를 여기에 숨겨주기도 해 나와는 깊은 관계가 있는 공간이다.

겨울밤이면 대바람 소리, 봄이면 대밭에서 울어대는 뻐꾸기 소리. 소쩍새 소리. 지금도 어디서 들으면 고향집이 불현듯 생각난다. 추억의 보고인 고향집, 내가 광산군수 때 어머니를 모신 이후부터 집은 남에게 맡겼다. 40년 가까이 남에게 맡겨진 집은 제대로 관리될 수가 없었다. 쓰지 않은 사랑채가 먼저 곳간부터 허물어지기 시작했고 안채도 쓰지 않은 방부터 비가 새기 시작해 철거하지 않으면 안 되게 되었다. 더군다나 지금은 비어 있다. 수리 할 수는 없을까 궁리도 해 보았으나 철거하지 않으면 안 된다는 것이다. 나의 어렸을 때 손때가 묻은 집, 대대로 이어온 집을 뜯어낸다는 것은 쉽사리 내키는 일이 아니다. 그러나 뜯을 수밖에 없는 고향집, 이것이 세월인가 보다.

(영암 2006년)

왕인문화축제와 벚꽃

　내무부 지방개발국장 때의 일이다. 1981년 3월 제11대 국회
의원선거 개표가 있던 날 저녁, 선거업무를 관장하는 내무부에
남덕우 국무총리께서 방문하였다. 경제학자이며 경제기획원
부총리로서 경제개발을 이끌었던 남덕우 총리께서는 서정화
내무부장관과 침체된 경기를 부양하는 방안을 논의한 끝에, 도
에서 관리하는 지방도포장사업을 추진하기로 합의하였다. 사
업비 규모는 2,000억원으로 정하고 지방채사업으로 추진하기
로 한 것이다.

　그날 저녁 나는 이 사업의 대상 노선을 선정해, 추진계획서를
수립하여 다음날 아침 9시까지 장관께 제출하라는 지시를 받
았다. 다음날 대통령의 재가를 받아야 한다는 것이었다. 시간
적으로 너무나 촉박했다.

　급할 때는 늘 하던 방식이지만 추진계획서는 내가 직접 작성
하고, 직원들에게 한 도씩 맡겨 대상 노선을 받도록 했다. 서울
특별시와 광역시, 제주도를 제외한 8개 도에 사업비를 배정하

고, 1km당 공사비는 1억원으로 책정하여 도당 10개 내외의 노선을 선정, 우선순위를 정해서 전화보고 하도록 했다. 그렇게 해서 2,000km 지방도포장사업을 추진하게 되었다. 영암읍에서 독천까지의 지방도는 국도처럼 중요한 도로이면서도 지방도이기 때문에 포장이 안 되어 있었으나, 이때 전라남도 우선순위 1위 사업으로 책정 되었다.

이 도로포장사업을 추진할 당시 영암군수는 함평 출신인 정병섭 군수였다. 박경원 내무부장관의 비서실장 출신인 정병섭 군수는 맡은 일에 열성적인 공무원으로 정평이 나 있었다. 그는 이 사업을 추진하면서 당초 도로포장계획에 포함되지 않았던, 버스터미널을 기점으로 한 읍내 우회도로부터 포장을 하였다. 그래서 사업비 부족현상이 발생하였다. 우선 저질러 놓고 나에게 부족한 사업비를 더 충당해 달라는 것이었다. 나를 믿고 그리 했을 것이다. 군수로서는 잘 한 일이다. 내가 군수라도 그리 했을 것이다. 하는 수 없이 다른 곳에서 사업비를 마련하여 추가해 주어 포장이 제대로 이루어졌다.

도로포장이 되자 영암군에서는 영암읍에서 독천까지의 16km 도로변에 벚나무 가로수를 심었다. 참으로 잘 선택한 수종이다. 가로수 선정은 매우 중요하다. 가로수 수종에 따라서 그 지역의 경관이 달라지고 관광자원으로서의 무게에 차이가 나기 때문이다.

초등학교 시절, 구림 벚나무길은 유명했다. 봄이면 구림의 화사한 벚꽃길을 걸어서 도갑사 소풍나들이를 하곤 했다. 그때의 구림 벚나무길 추억이 뇌리에서 떠나지 않는다. 지금도 오랜 풍상을 이겨온 그 벚나무 몇 그루가 새로 심은 벚나무 사이에 터줏대감처럼 버티고 서 있다.

정병섭 군수 때 벚나무 가로수를 선택한 것도 역시 구림 벚나무 가로수와 영암 초·중·고등학교 주변의 벚나무를 염두에 둔 실무자(당시 실무자 산림과 이부봉)의 건의에 의해 이루어진 것이라 한다. 이와 같은 하나하나의 과정을 거쳐서 지역은 발전해 가는 것이다.

벚꽃은 지역의 기온 차에 따라 개화기가 다르나, 같은 지역의 벚꽃은 한꺼번에 활짝 피어 사람의 마음을 환하게 밝혀준다. 피어 있는 기간이 너무 짧은 것은 아쉬움으로 남는다. 따라서 때를 놓치지 않으려 개화기에 상춘객이 한꺼번에 몰려든다. 왕인박사현창비가 우뚝 서 있는 일본 우에노공원 벚꽃은 유명하다. 개화기가 되면 좋은 자리를 차지하려 며칠 전부터 자리를 잡아 둔다고 한다. 우리나라 벚꽃은 진해와 여의도 국회 주변 등 이름 있는 곳이 여러 군데 있다. 우리 영암의 벚나무 가로수도 당당히 성장하여 현란한 백리 벚꽃길이 형성되고 개화기에 상춘객이 밀물처럼 몰려들고 있다.

1987년에 왕인박사 유적지가 정비되어 왕인사당인 왕인묘 (王仁廟)가 들어섰으며 벚꽃 개화기에 맞추어 춘향대제가 열리고 있다. 이 시기를 맞아 구림청년회에서는 1992년 벚꽃축제를 최초로 개최 하였다. 이를 이어받아 군서청년회에서 1993년부터 1996년까지 벚꽃축제를 주관하였다. 1997년부터 영암군에서 주관하는 왕인문화축제로 발전하여, 벚꽃이 개화하는 시기를 택해서 축제기간을 정하고 있다. 벚꽃과 왕인문화축제는 뗄 수 없는 상관관계가 형성 되었으며, 서로 어울려 상승효과를 제고하여 이름 높은 축제로 발돋음 하였다.

벚나무 가로수는 우리 고장의 빼어난 관광자원이다. 역사가 쌓여가는 이 가로수를 잘 관리하는 일은 심는 것 이상으로 중요하다. 벚나무 가로수 가운데 고사목이 있으면 교체해 주고, 빈자리가 있으면 벚나무 묘목을 심어 보완해 주어야 한다. 벚나무 사이에 다른 나무(예, 소나무)를 심는 일은 삼가야 한다. 벚나무 가로수길의 명성을 퇴색시킬 우려가 있기 때문이다. 같은 노선의 가로수는 같은 수종으로 식재하는 것이 바람직하다.

(영암신문 2017년 4월 7일)

도갑사 소풍길

장천초등학교 때 소풍을 가게 되면 언제나 도갑사였다. 하루 일정으로 다녀오기도 알맞었지만 또 당시에는 그만한 소풍 대상지가 있지 않았다. 이십리 길인 도갑사로 가는 소풍은 대개 봄철에 있었다.

소풍날이 정해지면 전날 밤은 잠을 설치기 마련이었다. 그때만 해도 별로 바깥나들이를 할 기회가 많지 않았다. 생활 범위에 보이지 않은 경계선이 있는 것처럼 정해 있었다. 나는 서호면의 경계를 벗어난 경우가 많지 않았다. 아버지나 어머니를 따라 십리 거리에 위치한 독천장날 장터 구경하는 것이 재미가 있어 가급적 자주 따라 다닌 것이 고작이었다. 그러하기 때문에 기회만 주어지면 생활의 경계를 넘고 싶었다.

초등학교 4학년 때는 『다른 나라의 생활』이라는 교과서를 영암읍 서점에 가서 가져 와야 했다. 담임이신 최대원 선생님이 그 교과서를 가지러 갈 희망자는 손을 들라고 해서, 나와 친구 한 사람이 가지러 가겠다고 손을 들었다. 나는 영암읍에 한 번도 가 본 적이 없어, 영암읍 구경을 하고 싶어서 자원을 했다. 군서면 성양리 출신인 김순동 선생님 인솔 하에 삼십리 길을 걸어 영암읍에 가서 교과서를 나누어 들고 오후 늦게 돌아 왔지만 피곤함보다는 재미가 있었다. 그때 처음으로 영암읍에 가 본 것이 좋았다. 나는 그렇게 어딘가 가 보고 싶은 생각이 많았다. 그러기 때문에 소풍가는 것을 좋아했다.

소풍은 장천에서 신작로를 따라 신복촌을 거쳐, 구림 신근정에서 도갑사 산길로 접어들어 가는 코스였다. 당시에는 서호강에 학파농장 간척지 공사가 진행 중이었으나 준공이 되지 않아 지름길이 나 있지 않았기 때문에, 기존 도로를 따라 멀리 걸어야만 했다. '월출메 가로 서서 수자리를 두르고, 은적산 맑은 정기 흐르는 이 곳…' 교가를 목청껏 부르면서 가는 소풍길은 즐겁기만 했다. 확 트인 하늘과 땅, 들판과 월출산을 바라보면서 봄 내음을 맘껏 호흡하며 걷는 재미란 이루 헤아릴 수 없었다.

서호로 들어가는 외줄박이길이 시작되는 신복촌에 이르면, 영암읍에서 독천을 거쳐 용당리로 뻗어가는 큰 도로가 가로 지른다. 그 길을 왼쪽으로 꺾어 한참을 가 구림에 들어서면, 역사 오랜 벚나무 가로수가 꽃이 만발한 채 우리를 맞는다. 그때 본 그 벚꽃들이 아름다운 풍경으로 내 머릿속에 그대로 꽃 피어 있다. 지금은 1980년대 초 영암읍에서 독천까지 포장이 되고 길 양편에 심은 벚나무가 왕인축제 때면 벚꽃이 장관을 이루어 상춘객이 구름처럼 몰려든다. 그 벚나무 가운데 내가 어렸을 적에 본 구림 벚나무는 풍상이 짙게 묻어난 채, 어른처럼 고즈넉이 서 있다. 나는 지금도 그 길을 지날 때면 이젠 세월이 흘러 고목이 된 벚나무를 보면서 그 시절을 환하게 떠올리곤 한다.

신근정 네거리에서 오른쪽으로 돌아서, 도갑사로 향하는 길을 따라 걸어가면, 유리알같이 맑은 시냇물이 돌바닥을 씻으며 저들만의 언어로 노래하며 흘러가는 모습이 평화롭고 아름다웠다. 지금은 저수지가 생기어 길이 달라졌지만 당시의 길은 개울을 따라 나 있었고 잡목이 우거진 숲길이었으므로 운치가 넘쳤다.

올라가는 길의 개울 가 오른쪽 바위에는 도선국사께서 어렸을 때 내디뎠다는 어린이 발자국이 또렷이 박혀 있다. 내 발바닥에 맞추어 보기도 했다. 힘이 센 신동 같은 분이라고 생각되었다. 거기에서 조금 올라가면 왼쪽으로 크지 않은 바윗돌에 남자의 고환이 놓인 자국이 있었다. 도선국사가 어렸을 적 그 자국을 냈다는 것이다. 정말 그렇다면 얼마나 신비한 일인가? 도선국사는 어려서부터 범속을 벗어난 분이 아니지 아니한가? 이러한 도선국사의 발자취와 관련된 전설이 어린 우리들의 마음을 환상 속으로 끌어당겼다. 그리하여 도선국사는 소년 적부터 내 머릿속에 깊이 각인이 되었다.

아기자기한 숲길. 섬섬옥수 같은 개울물 그리고 그 물 소리, 여러 형태의 바윗돌. 나는 정비석의 금강산 기행문인 '산정무한'을 읽으면서 그때 내가 보고 들은 도갑사 소풍길을 떠올리곤 한다.

크고 작은 잡목 오솔길을 지나 해탈문에 이른다. 높다란 해탈문 안에 들어서면 양편에 눈을 부라리고 두 주먹을 불끈 쥔 사천왕이 어찌나 무서웠는지 소름이 끼칠 정도였다. 이 세상에 태어나서 그렇게 무서운 것을 본 것이 처음이라는 느낌이었다.

오랜 세월의 팽나무 그늘 아래 크나큰 돌구유에서 물 한 모금씩 떠 마시고 대웅전에 들려서 초록 비단옷을 걸친 여섯의 육광보살상들을 보고 아름다움에 눈이 휘둥그레졌다. 그러나 불행하게도 당나라에서 가져왔다는 국보인 그 육광보살상들은 1972년 화재로 소실되어 버려 회복할 길이 없으니 안타까운 마음 그지없다.

대웅전을 오른쪽으로 두고 산길을 오르면 용수폭포가 있다. 도선국사비, 수미왕사비의 발치를 지나서, 미륵전 들머리 건널목을 흘러내리는 물줄기는 바위 낭떠러지에서 폭포수를 연출한다. 지금은 바닥이 많이 메워지고 주변도 조금 달라졌지만 그때만 해도 어린 눈에 비친 폭포수가 장엄했다. 흰 물보라를 일으키며 쏟아 내리는 폭포수가 맴도는 못은 수십 길 깊이를 가지고 있다고 했다. 그 안에는 용이 살고 있다는 얘기가 있어, 어찌나 무섭던지 가까이 내려다 볼 수가 없었다. 지금은 돌들이 많이 쌓여 바닥이 훤히 드려다 보이며 규모도 옛날 같지 않아, 저것을 보고 그렇게 무서워 했던가를 생각하면서 쓴웃음을 짓곤 한다.

초등학교 다닐 때 몇 차례의 소풍길은 도갑사와 도선국사가 불가사의할 정도로 나의 머릿속에 깊이 집을 짓게 만들었다. 어렸을 적에 가장 발걸음이 잦았던 나의 생활 경계 밖의 세계가 바로 도갑사이기 때문이다. 지금도 나 홀로 '나의 옛길'을 걸으며 소년 시절을 더듬어보고 싶어 가끔 도갑사에 들린다. 이제는 차가 드나드는 길이 트여 정감어린 옛 숲길을 찾을 길 없지만 멀리 둘러보기도 하며, 지금은 아무렇지 않은 사천왕을 보면서 옛날 나만한 어린이들이 이를 보면 무서워할까도 생각해 본다. 또한 용수폭포에 들러 그 무서웠던 물바닥을 들여다보면서, 내가 소풍 갔을 때 서서 내려다보았을 자리를 찾아보기도 한다. 세월의 흐름, 어렸을 적과 어른이 되었을 때의 생각의 격차가 얼마나 큰지 가늠해 보기도 한다. 옛날에 각인된 신비함과 아름다움은 지금도 내 마음의 세계에 신비로움과 아름다움으로 고스란히 남아, 나의 눈망울에만 비추어 준다.

도갑사 소풍길

유리알 개울물 따라 오솔길을 타고 오르면
도석국사 어릴 적 내디딘
작은 발자국 하나
길섶 너럭바위에 역사처럼 박혀 있다

푸나무 그늘 짙은 샛길을 헤치고
바람서리 스쳐간 해탈문 안에 발을 내미니

내 여린 머리빡 쥐어박으려는 듯

툭 튀어나온 두 눈알 부라리며

주먹 불끈 쥔 사천왕이 소름 소낙비를 뿌렸다

높다란 대웅전 뒤란을 휘돌아

미륵전 들머리 용수폭포가

하얀 물보라 내리찍는 밑 모를 웅덩이 속에서

쌍뿔 난 잠룡이 금방 물을 차고 뛰쳐오를 듯

뒷걸음치며 뒷걸음치며 내려다 보았다

(영암 2011년 10월 5일)

신뢰 영암을 위하여

초대 민선 도지사에 입후보 했을 때의 일이다. 광주 모 방송사 주최로 후보 토론회를 하는데 한 패널이 나에게 느닷없는 질문을 던졌다. 나폴래옹과 나와 닮은 점이 무엇이라고 생각하느냐는 것이었다. 몇 가지를 추려 답변을 했다. 나폴래옹도 나와 같이 키가 크지 않았고 이마가 나왔으며 독서를 좋아 했을 뿐 아니라 기획은 신중히 하되 한번 결정 된 일은 강력히 추진한 점이라고 했다. 공직에 있을 때 내 별명이 '전폴래옹'이었기 때문에 그런 질문을 했는지도 모른다.

토론이 끝나고 휴게실에 나오자 내가 잘 아는 여성 한 분이 기다리고 있었다. 그는 나폴래옹에 대한 답변 중 한 가지를 빠뜨렸다고 했다. 나폴래옹은 지키지 못할 약속은 하지 않았으며 한번 약속한 것은 꼭 지켰다고 말 하면서 나도 그러지 않느냐는 것이었다. 순간 그 점을 빠뜨렸구나 싶었다. 약속을 지키는 일은 중요하다. 이는 신뢰의 기본이며 정직, 배려와 함께 신뢰 사회로 가는 길이다.

사람은 혼자 살 수 없다. 그래서 여럿이 모여서 산다. 이를 우리는 사회 또는 공동체라 부른다. 생각과 성격이 다른 사람들이 한데 어울려 살아가는데 필요한 것이 신뢰 즉 믿음이다. 신뢰는 사람이 사회활동을 하는데 발판이 되며 정직, 약속지키기, 배려하는 마음, 이 세 가지는 신뢰의 필수 요소이다.

누구나 거짓말 하는 사람을 믿지 않는다. 정직은 사람과 사람을 연결시켜 주는 믿음의 고리이다. 약속은 지키기 위해 있는 것이다. 지키지 못할 약속을 해서는 안 된다. 약속을 한 뒤 부득이 이행하지 못할 사정이 생기면 그 사유를 밝히고 이해를 구해야 한다. 약속 내용을 바꾸어야 할 때에는 의견을 들어 조정한 다음 이행해야 한다. 그래야 믿음이 무너지지 않는다. 인간은 자신의 입장에서만 생각하기 쉬운 존재다. 상대방의 입장에서 생각을 해 보는 배려, 즉 역지사지(易地思之)의 자세로 서로를 이해하고 품어 안아야 신뢰의 끈이 끊어지지 않는다.

정직, 약속지키기, 배려하는 마음, 이 세 가지가 지켜진다면 그 사회는 안정되고 화합하며 명랑한 분위가가 유지될 것이다. 그렇지 못하다면 그 사회는 불안하고 괴담이 진실처럼 횡행하는 어두운 사회 분위기가 될 것이다.

『트러스트』란 책을 펴낸 미국의 석학 프랜시스 후쿠야마 교수는 신뢰를 사회적 자본의 핵심이라 했다. 한 나라의 경쟁력은 한 사회가 지니고 있는 신뢰의 수준에 의해 결정된다고 역설했다. 실제로 신뢰도가 낮은 사회는 인간관계가 원만하지 못하고 사회적 갈등이 심하며 거래비용이 높아질 뿐 아니라 기업

투자도 미약하게 된다. 정부정책에 대한 불신도 커지며 경제적
으로 손실이 따르게 된다.

우리나라의 사회신뢰도는 낮다. 경제개발협력기구 35개국
중 23위로서 26.6%만이 다른 사람을 신뢰한다고 답하고 있다.
세계은행 보고서에 따르면 신뢰도가 증가하면 경제성장도 그
에 따라 증가한다고 한다. 서울대 김병연 교수팀의 연구에 의
하면 우리나라가 북유럽국가수준(69.9%)으로 사회신뢰도가
향상된다면 경제성장률이 1.5% 더 상승할 것이라 했다. 이와
같이 신뢰는 개인간의 문제일 뿐 아니라 국가적 문제이기도 하
다.

신뢰와 관련하여 공직자들의 역할은 매우 중요하다. 공자께
서는 민무신불립(民無信不立) 즉 백성들에게 신용이 없으면 입
신할 수 없다고 하면서, 믿음 즉 신용이 제일 중요하다 했다.
공직자에게는 공무를 제대로 집행할 것이라는 '기대'가 주어져
있음을 잊어서는 안 된다. 따라서 공직자는 정직과 약속이행,
배려정신을 실천기조로 삼아야 한다. 공직은 개인의 소유물이
아니고 공적으로 공명하게 집행해야할 법적 직위임을 명심해
야 한다. 지위 고하를 막론하고 그 자리를 사적으로 이용하는
일은 용납되지 않는다. 귀를 넓게 열어, 깨끗하고 바르고 투명
하게 일처리를 하는 기본자세를 견지해야 한다. 자리를 맡겨준
주권자의 기대에 부응할 때 신뢰사회는 구축될 것이다.

지금을 신뢰의 위기라고 말하는 이들이 많다. 우리 영암에서
라도 '신뢰 영암'을 만들기 위해 정직하기, 약속지키기, 배려하

기 운동을 전개하면 좋을 것이다. 행정과 단체, 지역이 한 덩어리가 되어 이 운동을 펴나간다면 영암이 어느새 수준 높은 신뢰사회로 앞장서 있을 것이다.

(영암신문 2017년 2월 10일)

영암삼절(靈巖三絶)

삼절(三絶)이라는 말이 있다. 절(絶)은 뛰어나다는 뜻을 갖고 있다. 따라서 세 가지 뛰어난 것이 삼절이다. 여기에는 두 가지 유형이 있다.

먼저 시(詩), 서(書), 화(畵) 세 가지를 겸비한 문인화가를 삼절이라 한다. 문인사회에서 시, 서, 화 세 가지 요소가 융합된 상태를 이상적 경지로 보고 최상의 찬사로 삼절이라 불렀다. 조선조의 강희안, 윤두서, 허필, 이인상, 강세황, 신위, 김정희 등이 여기에 해당 된다. 시, 서, 화에 능한 세종 때의 안견, 최경, 중종 때의 강희안 세 사람을 삼절이라 부르기도 했다.

또한 한 지역의 뛰어난 인물과 사물 세 가지를 합해 삼절(三絶)이라 한다. 송도삼절(松都三絶)이 그 예이다. 개성의 명승지 박연폭포와 성리학자 화담 서경덕, 명기 황진이를 송도삼절이라 일컫는다. 같은 지역의 세 가지를 하나로 묶어 송도삼절이라고 부르니, 더욱 뛰어나 보이고, 개성에 가게 된다면 그 경관과 유적지를 둘러보고 싶은 생각이 든다.

박연폭포는 개성에 있는 폭포로서 경관이 수려하다. 금강산 구룡폭포, 설악산 대승폭포와 더불어 우리나라 3대 폭포 중 하나이다. 폭포 위에 있는 박연에 물이 담겼다가 폭포 아래 있는 고모담에 떨어지는 37m의 폭포수는 장관이다. 개성을 방문한 사람들의 말을 들으면 가장 인기 있는 명소가 박연폭포 코스라고 한다.

서경덕(徐敬德 1488~1546)은 개성출신의 성리학자이다. 조선 중종조의 독창적이며 사색적인 학자로서, 개성 화담에 서재를 세우고 평생 은둔생활을 하면서 학문에 몰두하여 주기철학(主氣哲學)의 대가가 되었다. 인격이 고결하고 학문이 깊어 존경을 한 몸에 받았다. 명기 황진이의 유혹에도 초연하여, 선비의 품위를 굳게 지킨 고고한 학자로서 이름을 떨쳤다. 저서로 『화담집』이 있다.

황진이(黃眞伊 1506~1567)는 조선 중종조의 개성 명기로서 본명은 진이며 기명은 명월이다. 그는 한시와 시조, 서화, 가야금 등에 능하여 '청산리 벽계수야 수이 감을 자랑마라' '동짓달 기나긴 밤을' 등 시조는 우리 귀에 익숙하다. 서경덕을 사모하여 가까이 하였으나 그의 높은 인품에 매료되어 문하에 들어가 그를 존경하면서 시가와 풍류로 일생을 보냈다.

우리 영암도 이에 못지않은 뛰어난 세 가지를 가지고 있다. 빼어난 자연경관을 타고난 월출산, 일본에 천자문과 논어를 가지고 가서 문화융성의 기반을 닦은 왕인박사, 불교계의 큰 별로 전국 각처에 불교의 발자취를 남긴 도선국사가 바로 여기에 포함 된다. 나는 자랑스런 이 세 사례를 영암삼절(靈巖三絶)이라 부르고자 한다.

월출산은 하늘이 내려 준 영산이다. 지상에서 우뚝 솟아올라, 금은빛 햇살 번뜩이는 바위봉우리들이 깃발을 높이 들고 하늘을 향하여 솟구쳐 오르는 듯한 형상은 장쾌하다. 경관이 빼어나 호남의 소금강이라 불리는 국립공원이다. 김시습도 그의 시에서 '호남 제일가는 그림속 같은 산에서 달이 뜬다' 라고 읊고 있다. 봉우리 봉우리 골짝 골짝마다 특성이 있으며, 큰바위얼굴은 세계에서 가장 큰 바위얼굴로 알려져 있다. 신령스런 월출산의 정기를 받아 태어난 분이 바로 성기동의 왕인박사와 도선국사이다.

왕인박사(?~437)는 성기동에서 학문을 연마하고, 일본 응신천황의 초청을 받아 405년 천자문과 논어를 가지고 일본에 건너가, 태자의 스승이 되었으며, 일본에 문자를 전하여 학문의 시조로 추앙을 받고 있다. 일본의 화가(和歌)인 난파진가(難波津歌)를 지어 가부(歌父)라 불리우며, 한자로 일본어를 나타내는 '만요가나'의 기초를 닦은 유학자로 전해진다. 『일본을 만든 101인』(1995) 가운데 맨 먼저 선정되는 빛나는 발자취를 남겼다. 왕인박사의 묘는 일본 오사카 히라카다시에 있으며 매년 11월 3일에 묘전제를 열어 그를 기리고 있다.

도선국사(827~898)는 통일신라 흥덕왕 2년에 성기동에서 태어나 일찍이 불가에 입문하여 선문구산 중의 하나였던 혜철선사의 직계제자가 되어 선종을 배운 선승이다. 혜철선사의 인가를 받아 광양 백운산 옥룡사에서 독자적인 선불문을 개설하여 평생 선종 대가의 길을 걸었다. 통일신라 말 정치적 사회적 혼란기를 보내면서 고려태조 왕건의 창업을 예언했던 경세의 통찰력을 가진 대승으로 알려져 있다. 우리나라 풍수지리설의 원조로서 인문지리학의 제창자이기도 하다. 월출산 도갑사를 창건하였으며 전국 각처의 사찰에 도선국사의 오랜 발자취가 많이 남아 있다. 72세로 옥룡사에서 입적 하였다.

영암의 삼절, 이는 다른 삼절과는 달리 儒(왕인박사) 佛(도선국사) 仙(월출산)의 결합이라 할 수 있다. 이 삼절을 영암의 상징으로 승화시켜 영암의 군격을 보다 드높이고 문화관광자원으로 더욱 발전시킬 필요가 있다.

(영암신문 2017년 1월 6일)

고향사랑의 행정과 정치

고향 어르신들을 뵙게 되니, 어린 시절 사랑방 등잔불 밑에서 어르신들 말씀을 들으면서 공부하던 때가 떠오릅니다.

농촌에는 도시와는 달리 「따스함」과 「넘치는 인정」이 있었습니다. 그 속에서 어린이 시절을 보냈기 때문에 「고향사랑」과 고향을 그리는 「향수」가 제 몸에 배어 있습니다. 농촌의 「소탈함」과 「격의 없는 자세」가 생활화 되었습니다. 저는 이러한 흙냄새가 물씬 나는 농촌출신이라는 바탕 위에서 공직생활을 하였으며 지금의 국회의원 활동을 하고 있습니다.

저는 전라남도에서 도청 과장, 군수(광산, 영광), 광주시장을 역임하였고 전라남도 도지사 시절(1984.10~1988.2)에는 내 고향 전남에서 공무원으로서 마지막 봉사한다는 생각을 가지고 열심히 일했습니다. 특히 나를 길러준 고향인 영암에 대해 깊은 관심을 가지고 지역발전을 위해 힘을 쏟았습니다. 순수한 애향정신으로 그렇게 한 것입니다. 정치에 입문하여서도 마찬가지 입니다.

▨ 먼저 왕인박사 유적지 정비입니다.

도지사로 발령을 받고 내려 올 때, 저는 세 가지 일은 꼭 이루어야 하겠다고 작정했습니다. 그중 하나가 영암에서 출생하여 수학을 하고 천자문과 논어를 가지고 일본에 건너가 일본 아스카문화(飛鳥文化)의 터전을 닦은 왕인박사 유적지를 정비하여, 이곳이 왕인박사 출신지임을 명백히 하는 것이었습니다. 1985년 2월 1일 연두순시 시 대통령께 보고 드리면서 '일본사람들이 무릎꿇고 큰절을 올릴 곳이 바로 이곳입니다'라고 말씀드리고 정화사업을 시작하여 도지사 재임 중에 준공을 보았고 벚꽃 피는 계절에 맞추어 왕인문화축제가 열리고 있습니다.

그와 병행하여 서울대학교 김원룡 교수의 추천을 받아 구림 돌정고개에 있는 도요지를 「이화여대 낭자팀(나선화팀)」에게 맡겨 발굴하도록 하여, 원형을 보존하고 구림초등학교 자리에 들어선 영암 도기문화센터건립의 초석이 되게 하였습니다.

아울러 빼어난 영산 월출산을 국립공원으로 승격하는 것을 발의하여 국립공원 지정에 힘을 기울였습니다.

▨ 다음은 도선국사 관련 사업입니다;

도갑사를 창건한 도선국사의 탱화는 광주시장 때부터 도갑사에서 보관하고 있는 것을 보아왔습니다. 이 귀중한 탱화를 안

전하게 모실 수 있는 시설이 필요하다는 것을 늘 마음속에 담고 있던 나는 영암군(군수 김옥현)에 도비를 지원하여 「국사전(國師殿)」을 건립해 보존하도록 하였습니다.

또한 도선국사의 발자취와 여기저기 흩어져 있는 미확인 설화들을 조사 정리하여 도선국사 관련 서적(先覺國師道詵의 研究)을 발간케 하였습니다.

국회의원이 된 뒤에는 예산결산특별위원회 위원으로 활동하면서 「도선국사 성보전」을 짓는데 필요한 국비 지원 요청이 있어, 문화재 예산으로 이를 확보하여 현재 공사 중에 있습니다. 그리고 도갑사 아래 주차장 건립이 추진 될 수 있도록 국비 5억원을 확보 지원 하였습니다.

░ 대불공단조성, 철도인입선,
   무안국제공항 사업 책정입니다.

도지사 재임 당시 전남에는 광주에 하남공단이 추진되고 동부권에는 여천공단, 광양제철이 있었으나 서부권에는 공단이 없었습니다. 따라서 서부권인 영암 삼호 대불의 농지로 조성된 간척지에 공단을 유치하여 대불공단이 들어서게 함으로써 전남에 광주~여천·광양~영암이 연결 되는 삼가공업지역(三角工業地域)이 이루어지도록 하였습니다.

아직까지 대불공단은 사회간접자본시설이 미비하고 전국적

경제상황에 따라 입주가 덜 되고 있으나 어느 땐가 공장입주가 완결되어 자랑스런 공단으로 성장할 것으로 믿습니다.

저는 국회의원이 된 후에 국회예산결산특별위원회 위원으로서 신한국당의 예결위 호남담당 현지확인반 반장이 되어 현지점검 후, 대불공단의 미흡한 기간시설 확충을 위하여 철도인입선 설치에 힘을 기울여 '무안일로~대불공단~목포외항'까지의 17.6km에 이르는 철도 인입선을 1996년 예산에 처음으로 확보케 하여 공사가 진행 중에 있습니다.

그리고 우리나라 7대권역별 거점공항 중 유일하게 착공이 안된 무안국제공항의 조사설계비 63억원(1996년)을 확보케 하여 사업추진의 기틀을 마련하였습니다.

▨ 농업박물관 건립과 문화재 보존입니다.

전남은 전통적인 농업도이나 옛날부터 써오던 농기구와 농업용품이 점차 사라져 우리들의 기억에서 잊혀지게 되어감으로 대불공단 옆 나불공원에 농업박물관을 건립하여 지금까지 농촌에서 사용해온 농기구와, 지금 사용하고 있는 용품을 전시하고 농촌의 풍습을 재현시켜, 교육과 관광지역화에 기여케 하였습니다.

인간이 살아가는데 「소득」「환경」「문화」가 필수적 요건입니다. 문화에는 근현대문화 뿐 아니라 전통문화와 문화재도 중요한 위치를 차지하고 있습니다. 문화재는 이를 찾아서 보존하고 전승해야 합니다. 이것은 지역주민에게 자긍심을 심어주고 애향심을 불러일으키는 촉매제가 되기도 합니다. 도지사 시절 전남문화발전10개년계획을 수립하여 영암의 문화재 보호에도 힘을 기울여 장천의 선사주거지 복원, 시종 옹관묘 발굴보존, 향교시설의 정비, 도 문화재 지정·보수(예 영보정, 영팔정) 등을 추진하였습니다.

▧ 도로포장, 수리시설, 수박피해보상, 교육청 이전비 지원 등과 관련된 일입니다

내무부 지방개발국장 시 군도포장사업이 시작되어 서호면 군도포장이 이루어지고 지방도포장사업의 일환으로 영암읍~독천간의 지방도가 포장되었습니다.

도지사 때는 포장이 안 된 도로의 확장·포장에 힘을 기울여 영암군의 군청~면소재지 간의 포장이 완료되어 군민의 교통편의 증진과 지역발전에 도움이 되도록 하였습니다.

국회의원이 되어서도 계속 영암발전을 위해 힘을 기울여 영산강 2단계사업비 확보, 3단계사업비 확보, 각 지역의 농업용수시설 추진, 수박피해보상 지원(1996년 보상비 22억5천만원, 1997년 융자금 264억원) 수해복구 사업비 확보, 영암교육청 이전비 지원(12억5천만원) 등을 하였으며 지방교부세로 생활 주변의 숙원사업을 추진해 오고 있습니다.

특히 제가 농촌출신이기 때문에 농촌문제에 관심을 두어 농촌부채의 이자율 낮추기(정책자금 이자 5%, 상호금융자금 이자 6.5%), 농업예산확보, 연대보증제도 개선, 신용보증기금 증액과 수해복구비 기준의 현실화 등에 힘쓰고 있습니다.

저는 국회 행정자치위원회(내무위원회), 농림위원회, 예산결산특별위원회, 재해대책특별위원회 위원으로 활동하면서 지역발전을 위해 힘쓰고 있으며, 앞으로도 어디에 있거나 고향 발전에 전력을 다할 것입니다.

(고향사랑의 행정과 정치, 영암노인학교 특강 1999년 9월 17일)

춘계 박광순 교수를 기리며

춘계 박광순 교수, 자네에게 몇 차례 연락을 했으나 연결이 안 되기에 조용한 곳에서 쉬고 계시는 줄로만 알고 있었네.

어제 아침 자네가 떠나셨다는 전화를 받는 순간, 나를 둘러싸고 있는 바람벽이 뇌성벽력 치며 무너져 내리고 가슴이 꽉 막혀버리는 충격을 느꼈네.

인간이 태어나면 어느 시점에선가 모든 속세의 짐을 부려버리고 홀로 훌훌 떠나는 것이 우주의 정리인 줄 알지만, 그리 허망하게 떠나버리시는가? 코로나가 아니었다면 낭주회 모임에서, 왕인박사현창협회 이사회나 왕인박사 행사에서 만났거나 정확한 소식을 접했을 텐데 그러하지 못한 채 훌훌히 떠나시고 말았네 그려. 세상이 텅 비고 껍데기 같은 공허함만 나를 사로잡고 있네

자네는 참 좋은 친구이었네. 같은 고장에서 태어나, 같은 초등학교를 마치고 목포에서 자네는 명문 목포상업중고교를, 나는 목포공업중학교와 목포고등학교를 다녔네. 자네는 항상 공

부도 잘하고 얼굴에 촌티가 전혀 없는 고운 모습의 모범학생으로 성장하였네. 자네와 나는 대학생 때 낭주계 모임을 함께 하며 늘 만나 얘기를 정답게 나눌 수 있었네. 사회에 진출해서도 내가 하는 일에 따뜻한 조언을 주었으며, 내가 어려움에 처할 때면 나에게 찾아와 위로를 해주면서 힘을 주었네, 나는 그것을 결코 잊지 못하네.

자네는 학계로 진출하여 대학자로 꽃을 활짝 피워 우리의 큰 자랑이었네. 경제학, 그중에서도 어업·어촌관련 경제학의 대가가 되어 명성을 떨치고 『한국어업경제사연구:어업공동체』라는 불후의 명저를 남겼으며, 평소 내가 관심을 가지고 있는 『문화의 경제학』 저서까지 펴내어, 섭렵하는 학문의 폭이 얼마나 광활한지를 보여주었네. 그리고 대한민국학술원 회원으로 선임되어 학계의 정상에 우뚝 선 '선비 박광순'의 명패를 길이 남기었네.

자네는 왕인박사현창과 연구에 일찍부터 관심을 두어 왕인박사의 학문적 체계를 구축하는데 혁혁한 업적을 남기었네. 내가 도지사로 있을 때, 민준식 왕인박사현창협회 회장 때는 이사로 활약하면서 이을호 박사가 소장을 맡은 왕인문화연구소에 참여하여 왕인박사연구에 힘을 기울여 크나큰 연구 발자취를 남겼네.

1985년 왕인박사유적지정비사업 착공 후, 일본 오사카의 신한은행 30주년 기념사업으로 이희건 회장이 추진한 재일교포 2,3세의 왕인박사도일경로릴레이 행사 때, 성기동을 출발지점으로 정하는데 결정적 역할을 해 주어 왕인박사의 고장 영암 성기동을 일본 전역에 홍보하는 계기를 마련해 주었네.

내가 왕인박사현창협회 회장을 맡으면서 왕인문화연구소 소장직을 담당하여 많은 학술연구사업을 기획 추진함으로써 왕인박사연구의 기반을 튼튼히 다져 놓으셨네. 많은 석학들을 왕인박사 연구에 참여시키고 임영진 교수, 정성일 교수 등 성실하고 연구심 깊은 석학들을 왕인박사연구의 중심축으로 형성시킨 것은 크나큰 보람이라 아니할 수 없네.

그간 단행본인 『왕인박사 연구』를 비롯하여 많은 연구서를 출간하였고 왕인박사의 도일경로 연구, 종요천자문 발굴, 『성기동』 책자의 지속적 발간 등 많은 토대를 닦았네. 왕인박사의 발자취를 찾아 일본 현지를 여러 차례 방문하여 갖가지 연구자료를 확보한 것도 빼놓을 수 없는 성취이었네. 다만 자네와 함께 해 내자고 다짐했던 왕인박사유적지의 국가문화재 지정 문제는 아직 더 탐구해야 할 과제로 남아 있네 그려.

춘계 박광순 친구, 나는 자네와 같은 시기, 같은 시골에서 자라서 생을 함께 해 온 것을 하느님이 주신 행운이라 생각하고 감사한 마음을 가지고 있네. 자네가 쌓아 놓은 학문적 업적과 왕인박사연구에 기여한 공로는 영구히 금자탑으로 남아 후세에 길이 회자되리라 믿네. 앞으로 왕인박사연구와 현창사업은 성실히 이어갈 것일세. 자네가 소중히 축적해 놓은 왕인박사 관련 문헌과 자료들은 새로이 건립될 왕인박사자료관에 비치되어 자네의 체취를 느끼면서 왕인박사 연구에 값지게 활용될 것일세.

이 사바에서 쉬지 않고 끊임없이 학문적 탐구에 온 힘을 기울인 자네의 심신, 하늘나라에서 평안히 쉬시기 기원하네. 나는 자네가 평상시와 똑같이 내 옆에 계시는 것으로 마음속에 새기고 일상을 보내겠네. 하늘나라에서 우리 다시 즐겁게 만나세나, 친구야.

2021년 6월 20일

(성기동 14호 2021년)

4부

약무호남시무국가(若無湖南是無國家)

'약무호남시무국가'는 우리 귀에 상당히 익숙한 글귀다. 이순신 장군의 서한문 중에 들어 있는 글귀다. 호남이 아니라면 나라의 존립이 어렵다는 뜻을 담고 있다.

1984년 10월 전라남도 도지사로 부임하여 이 글귀를 처음 접한 것은 그 이듬해이다. 광주상공회의소 신태호 회장께서 글씨접시를 가지고 도지사실에 들렸다. 가지고 온 접시를 꺼내 보이면서 이순신 장군의 글귀인데 의제 허백련 선생께서 쓰신 글씨라 했다. 이를 선물용으로 활용하는 것이 어떻겠느냐는 것이었다. '약무호남시무국가(若無湖南是無國家)'라고 네자 씩 두 줄로 내려 썼으며, '정유재란 중 서한 일절'이라고 씌어 있었다. 매우 좋은 글귀라고 생각했다. 그 뒤 신태호 회장께서 글씨접시 3백 개를 만들어 보내와 방문객 선물용으로 사용했다.

마침 광주공항 청사가 비좁아 새로이 청사를 짓는 공사가 진행되고 있었다. 신청사가 마무리 될 무렵 손수익 교통부장관께서 나에게 전화를 걸어 왔다. 전남은 예향이니 새청사 귀빈실에 그림과 글씨, 도자기 등을 마련해서 비치해 달라는 것이었다. 우리 고장의 예술품을 전시해 예향으로서의 전남을 홍보하는 계기가 되겠다 싶어, 그림은 동양화가이면서 산수화에 능한 아산 조방원 선생에게, 글씨는 광주예술학교 교장으로 재직 중이던 서예가 장전 하남호 선생에게 의뢰하고, 도자기는 강진 청자를 전시하도록 했다. 장전 선생에게는 글씨접시를 보내서 '若無湖南是無國家'를 쓰도록 했다. 당시 한 간부는 그 글씨가 괜찮겠느냐고 가벼운 이견을 제시했으나, 호남의 입지적 중요성을 이순신 장군의 글귀를 통해 널리 알리는 기회다 싶어 그대로 맡겨 쓰도록 했다.

그 뒤 민정당 대통령후보 시절 노태우 대통령께서 광주에 오셨다. 비행장 귀빈실에 게시된 '若無湖南是無國家' 글귀를 보시고, 내용을 물으셨다. 이순신 장군의 서한문으로 호남의 중요성을 피력한 글귀임을 설명 드렸다. 수행한 국회의원 가운데는 그 글귀를 처음 보고 눈이 휘둥그레진 분도 있었으나 나의 설명을 듣고 안도하는 표정이었다.

노태우 대통령후보께서는 그날 염주실내체육관에서 있은 행사에 참석하시어 연설 중 이를 인용하시면서 호남의 중요성을 역설했다. 공식석상에서 이 글귀를 인용한 처음 사례이었다. 이어서 정치인을 비롯한 많은 분들이 호남의 중요성을 언급할 때면, 으레 이 글귀를 인용하였으며 이러한 과정을 통해 널리 파급 되었다.

나는 이 글귀가 누구에게 보낸 서한문 중에 들어 있는지 늘

궁금했다. 그러던 중 2007년 4월 28일 왕인박사현창협회 이사회를 마친 뒤, 현삼식 감사(연주현씨 28세)로부터 『사직공(휘 윤명)파세덕소람〈司直公(諱 允明)派世德小覽〉』이라는 단행본 한 권을 받았다. 서울에 돌아와 차분히 살펴보던 중, 이순신 장군의 서한문이 그 책자 속에 실려 있어 '若無湖南是無國家'가 눈에 번쩍 띄었다. 여기에 이 귀중한 서한문이 실려 있다니, 참으로 흐뭇했다.

임진왜란이 일어난 이듬해인 계사년(癸巳年 1593년) 7월 16일, 이순신 장군께서 지평 현덕승(持平 玄德升)에게 보낸 편지 원문 속에 이 글귀가 들어 있었다. 현지평께서는 안부 서신과 군사에 필요한 마포, 면포 등 물품을 이순신 장군께 보냈는데 이에 대한 고마움의 답신으로 보낸 서한문이다. 여기에는 '가만히 생각컨데 호남은 나라를 지키는 울타리이니 만약에 호남이 없다면 이는 국가가 없어진 것임으로 어제 한산도로 진을 옮겨서 바닷길을 차단할 계획입니다(窃想湖南國家之保障若無湖南是無國家是以昨日進陳于閑山島以爲遮海路之計)'라고 씌어 있다. 동쪽으로 미리 나아가서 진을 치고 왜군을 막아내기 위하여 1593년 7월 15일 여수 본영을 한산도로 옮긴 다음 날 이 서신을 써 보낸 것이다. 임진왜란이 일어나자 호남의 지위를 얼마나 중시하였는가를 잘 나타내고 있다. 글씨접시에 쓰여진 '정유재란 중 서한 일절'은 '임진왜란 중 서한 일절'이란 표현의 오기로 보는 것이 타당할 것 같다.

현지평은 현덕승(玄德升 1564년~1627년)으로 천안이 본향이며 이순신 장군보다 19세 아래이다. 1590년에 문과에 급제하여 요직인 지평(사헌부 정5품)으로 있을 때 이순신 장군이 보낸 서신으로 되어 있다. 편지 내용과 말미에 척하(戚下)라고 표현한 것으로 보아 친척관계임을 알 수 있다. 정조 19년(1795년) 편찬하고 그 뒤 보유(補遺)한 『이충무공전서(李忠武公全書)』에 이 서한문이 수록 되어 있다. 이를 번역한 이은상 선생은 '척하'라는 표현으로 보아 충무공의 외가 쪽 친척으로 추정된다고 했다. 두 분은 가까운 사이로 이미 서신을 주고받는 관계인 것으로 알려져 있다.

이순신 장군이 보낸 서신의 원본은 영암군 군서면 서구림리 연주현씨사직공파영암문중(延州玄氏司直公派靈巖門中)에서 소장하고 있었다. 현덕승(玄德升 연주현씨 14세)께 보낸 3편, 현건(玄健 연주현씨 15세, 구림 거주)께 보낸 4편이었다. 1830년(순조 30) 이순신 장군의 8대손 이능권(李能權)이 영암군수로 부임하여 그 서신 원본이 진본임을 확인하고 가져갔으며 그것이 국보 76호(이순신 서간첩)로 지정 되어 현충사에 보존 되어 있다.

남는 것은 기록뿐이다. 세월이 흐르면 기록에 없는 것은 기억 속에서 사라지고 만다. 따라서 모든 것은 반드시 글로 남기고, 자료를 잘 보관하는 일은 중요하다. 이것이 역사를 보존하는 길이다. 난중일기가 남아 있어 임진왜란 때의 상황을 상세히 알 수 있으며 서한문들이 전해져 당시 이순신 장군의 교유 관계와 생각의 깊이를 오늘날에도 이해할 수 있다.

(인간시대 2022년 9월호)

역사교육

얼마 전 초등학교 2학년생인 외손자가 뜬금없는 질문을 했다.

"할아버지, 6.25때 몇 살 이었어요?" "그때 어디 계셨어요?" 나는 대답을 해주고 물었다. "6.25가 언제 일어났지?"하고. "1950년에 일어나서 1953년에 끝났어요."라고 대답했다. "누가 침략을 했지?" 물었더니 "북한이 침략했어요."라 답을 해, 나는 속으로 깜짝 놀랐다. 누구한테 들었느냐 물으니 엄마한테 들었다고 했다. 신통했다. 어린 머리에 6.25전쟁을 그렇게 정확히 기억하고 있다니. 어렸을 때 바른 역사교육이 얼마나 중요한가를 새삼 느끼게 했다.

여론조사기관에서 고교생들에게 6.25전쟁이 남침인가 북침인가 조사를 했더니, 북침이라는 답이 69%나 되었다 한다. 그런데 더욱 놀라운 것은 한국갤럽에서 남침과 북침의 의미에 대한 여론조사를 해 보았더니, 상당수가 남침은 남한에서 북한을 침략한 것이고, 북침은 북한에서 남한을 침략한 것으로 잘 못

알고 있었다는 것이다. 그래서 국방부에서는 '남침'을 '북한의 남침'으로 표기하도록 한 바 있다. 우리나라 역사교육의 현주소와 학생들의 역사인식 상황을 생생하게 알려주고 있다.

우리나라 국민이면 누구나 바른 역사인식을 가지고 있어야 한다. 역사에 대한 바른 인식은 단순한 지식의 차원을 넘어서서, 대한민국 국민으로서 긍지를 갖게 하고 국가의 혼을 가슴 속에 심어주는 것이다. 이웃 나라 일본이 독도를 자기 나라 영토라 억지 주장을 하고, 침략행위와 위안부강제동원 등 갖은 악행을 다 저질러 놓고도 이를 강력 부인하면서 역사를 왜곡하고 있다. 중국은 동북공정을 통해서, 삼국시대 만주를 비롯한 중국대륙 동북부를 장악한 고구려와 이를 이은 발해를 중국의 지방정부로 편입시키려는 시도를 진행하고 있다. 우리 젊은이들이 오늘이 있기까지 우리나라의 발자취를 올바르게 인식하여, 우리 것을 소중하게 지키고 당당하게 대응하는 자세를 갖추어야 함은 당연한 일이다.

역사는 교육을 통하여 인식시키는 것이 일반적이다. 그래서 모든 나라가 학교 교과에 국사과목을 편성하여 교육을 시키고 있다. 우리나라에서 국사교육에 대해 열띤 논의가 되고 있는 것도 국사교육의 중요성 때문이다. 국사교육은 교과의 편성, 교과서 내용, 교사의 가르침이 중요하다.

일반적으로 학교에서는 입시과목 중심으로 가르치는 경향이 있다. 2005년 국사과목을 공통필수에서 인문계 선택으로 바꾸자, 수능응시자 가운데 국사응시자 비율이 100%에서 27.7%

로 곤두박질쳤다. 이 비율은 2013학년도에는 7.1%까지 줄어들었다. 이렇게 되니 우리나라 역사를 제대로 알 리가 없다. 따라서 한국사를 수능필수로 전환되어야 한다는 여론이 강하게 제기되어 논란 끝에 2017년도부터 한국사를 수능필수로 하기로 했다. 그리해야 국사교육이 제대로 될 것이기 때문이다.

교과서에는 올바른 내용이 수록되어야 한다. 가장 논란이 되어 온 것은 대한민국 정부수립의 정당성과 6.25전쟁 관련 사안 등 이다. 좌파적 시각에 따라 기록한 교과서 내용은 감수성이 강한 젊은 학생들의 역사인식을 그르칠 수 있다. 1991년 소련 붕괴 후 공개된 비밀문건은, 북한의 공산정권수립이 1945년 9월 20일 스탈린의 지령에 따라, 1946년 2월 8일 조선인민위원회를 구성하고, 남북협상이라는 위장전술까지 써 가면서 계획적으로 진행되었음을 잘 밝혀주고 있다.

그런 속셈을 가진 북한당국은 유엔감시단이 38선을 넘지 못하게 했다. 유엔 결의에 따라 선거가 가능한 38선 이남에서 유엔감시 하에 총선거를 실시하여 국회가 구성되고 헌법이 제정되어 대한민국정부가 수립되었다. 역사적 굴곡은 있었지만 산업화와 민주화과정을 거쳐, 오늘의 자유민주주의 대한민국이 이만큼 성장해 있다. 그런데 우리의 정통성을 폄훼하려는 그릇된 사례는 시정 되어야 한다.

중요한 것 중의 하나가 교육을 담당한 선생님들의 역사에 대한 인식과 설명이다. 바른 교과내용이라도 선생님들이 어떻게 설명하느냐에 따라 받아들이는 학생들의 인식이 달라진다. 역사는 사실에 근거한 것이다. 이를 정확하게 가르치는 것이 참된 역사교육임을 잊지 말아야 한다.

(영암군민신문 2013년 9월 6일)

괴담론(怪談論)

　전남도지사 때의 일이다. 전남에 있는 234개 읍면을 순시하는데 섬은 헬기를 이용했다. 섬이 많은 신안군의 읍면을 순시하던 중 헛소문이 떠돌았다. 도지사가 섬에 염전을 사 두고 둘러보러 다닌다는 것이다. 누군가 악의적으로 거짓말을 꾸며낸 것이다.

　광주시장 재직 중 시내를 관통하는 철도를 걷어내고, 역사를 외각으로 이전하는 계획을 철도청에 건의했을 때의 일이다. 이를 막으려는 누군가가 괴상한 소문을 퍼뜨린 것이다. 신역사 부지 인근에 토지를 가지고 있는 특정인을 위해 역사를 옮기려 한다는 것이다. 시에서는 그러한 의도로 추진한 것이 아님은 물론, 누가 땅을 가지고 있는지 전혀 모르는 일이었다.

　이것이 바로 괴담이다. 요즘 괴담이라는 말이 부쩍 입에 오르내린다. 국어사전에는 괴담을 '괴상한 이야기'라 풀이하고 있다. 영어로는 고스트 스토리(ghost story)라 하여 '유령 이야기' '터무니없는 이야기'라 불린다.

괴담은 정치적 정파적 목적, 정부(지방정부 포함)의 업무추진 저지, 사회혼란, 경제적 이득, 특정인 음해를 위해 사실이 아닌 것을 사실인 것처럼 꾸며 퍼뜨리는 조작된 얘기다. 잘 모르는 일에 대하여 확인도 않고 소문을 그냥 믿어버리는 사람들의 심리를 악용하는 것이다.

지금은 옛날과 달라 전파수단이 발달되어 각자가 쉽게 활용하는 소셜미디어가 있어, 괴담이 급속도로 전국에 퍼진다. 괴담은 개인은 물론 국가와 사회에 엄청난 폐해를 끼친다.

대선이나 총선, 지방선거에서 허위사실을 유포하여 상대방을 흠집내 낙선시키려는 사례를 볼 수 있다. 수년 전 대선 때 김대업의 허위사실 유포는 선거 결과에 크게 영향을 미쳤으나, 선거가 끝난 훨씬 뒤에야 허위사실로 판명되어 유죄판결을 받은 바 있다. 미국산 쇠고기 파동 때는 미국산 쇠고기 수입을 저지하기 위하여, 광우병과 관련 없는 내용을 미국산 쇠고기와 연결시켜 거짓을 퍼뜨림으로써, 정부에 피해를 주고 사회적 혼란을 불러왔다. 광우병 촛불시위가 초래한 사회적 비용은 3조 7,513억원에 이른다. 작년 말 철도파업 때는 철도민영화가 아닐 뿐 아니라 철도민영화를 하지 않는다고 정부와 철도청이 밝혔음에도, 철도파업측과 이를 추종하는 세력은 철도민영화라고 억지를 부렸다. 근거도 없이 유명 연예인을 흠집내는 괴담을 조작하여 소셜미디어에 퍼뜨림으로써 정신적 피해를 주고 급기야 죽음에 이르게 한 사례를 우리는 알고 있다. 이러한 괴담은 특정 목적을 위해 그럴사하게 꾸며진 것으로 괴담 비즈니스(괴담 장사)라는 용어까지 나오기에 이르렀다.

괴담은 우리나라에만 있는 것이 아니다. 미국의 경우 허리케인 샌디 당시 확산된 허위 정보는, 자연재해 자체보다 더 큰 위험을 주었다. 작년 4월 보스톤 마라돈 폭발사고 당시 퍼뜨려진 정보의 80%가 사실 아닌 악의적인 것으로 사회혼란을 가중시켜 골치를 앓은 바 있다.

문제는 괴담 발생이나 괴담 비즈니스 자체를 억제하기 쉽지 않다는 점이다. 인터넷처럼 익명성이 보장된 공간에는 괴담 유포자의 추적이 매우 어렵고, 설령 찾았다 하더라도 고의성을 입증하기 쉽지 않다. 거짓말을 만들어 유포한 자가 확실하고 고의가 명백한 경우에는 명예훼손 등 처벌이 가능하지만 소셜 미디어의 발달로 인하여 어려움이 더욱 가중되고 있다.

괴담으로 인한 국가적 사회적 피해를 최소화하기 위하여 꾸준한 노력이 있어야 한다. 먼저 진실을 판별할 수 있는 정부(지방정부 포함)와 공적기관의 신뢰를 확보하는 것이 우선이다. 괴담이 가장 두려워하는 천적은 신뢰 받는 정부와 공적기관의 발표. 괴담은 정부와 공적기관을 공격함으로써 신뢰의 공백 상태에서 진실과 정의 등으로 교묘하게 포장하여 국민에게 거짓 정보를 제공하기 때문이다.

그리고 정확한 정보를 신속하고 투명하게 전달하기 위해, 정부와 공적기관의 소통조직을 강화하여 인터넷소통을 증진하는 한편 손쉽게 접촉할 수 있는 정보창구를 다방면으로 열어두어야 한다.

특정인을 공격하기 위한 괴담에 대해 진실을 빨리 알리고, 괴담 조작자를 찾아내는데 사회적 노력이 있어야 한다. 아울러 괴담에 대한 국민적 인식을 높이는 것도 중요하다.

(양임군민신문 2013년 2월 21일)

백령도에 가다

백령도는 우리나라 서해안 최북방 섬으로 38선 턱밑에 위치하고 있다. 인천에서 쾌속선으로 3시간 30분이 걸린다. 가는 길에 소청도와 대청도에 들러서 간다. 뱃고동을 울리면서 백령도 항구에 들어가면 왼쪽으로 방풍림이 즐비한 바닷가에 너비 4.2km나 되는 백사장이 보인다. 이곳이 서곶해변으로 바닥이 단단하여 세계 두 곳밖에 없는 천연 비행장이다.

백령도는 우리나라 8번째로 큰 섬이다. 인구는 약 5천명이며 농업종사자가 75%, 어업종사자가 25%로서 미곡 생산량이 풍부하여 자급자족을 하고도 남는다. 까나리액젓이 유명하여 까나리액젓을 만드는 모습을 여기저기서 볼 수 있다.

백령도에는 경관이 좋은 곳이 많다. 콩돌해변은 2km에 걸쳐 형형색색의 돌이 콩처럼 깔려 있어 감탄사가 저절로 나온다. 맨발로 걸으면 시리고 상쾌하다. 바닷가에는 자연이 조각해 놓은 여러 모양의 바윗돌들이 늘어서서 장관을 이룬다. 심청각이 북쪽을 향해 전망대처럼 자리하여, 날씨 좋은 날에는 북방한계선 조금 너머 인당수를 바라볼 수 있다. 우리나라 두 번째로 오래된 중화동교회와 교회박물관이 있고, 입구의 해묵은 팽나무들이 오랜 역사를 말해 주고 있다.

백령도는 우리나라 군사 요충지로 해병대가 밤낮 없이 지키고 있다. 백령도에서 불과 10~12km 거리에 북한 해안기지가 있다. 이 짧은 거리를 두고 대치하고 있는데 그 중간에 북방한계선(NLL)이 가로막고 있다.

북방한계선은 우도, 연평도, 소청도, 대청도, 백령도까지의 우리 지역과 북한지역과의 바다 경계선이 되고 있다. 북방한계선이 있기 때문에 북한에서 내려오지도 못하지만 우리도 이 선을 넘을 수 없게 되어 있다. 이 선이 있어 우리 서해가 지켜지고 수도권의 서남쪽 방위가 이루어지고 있다. 백령도에서 북쪽을 바라보면 이 선이 없었다면 어떻게 되었을까, 새삼 느끼게 된다. 그래서 북방한계선은 우리의 생명선이라고 할 수 있다.

북방한계선은 클라크 유엔군사령관이 설정한 해상경계선이다. 1953년 7월 23일 육상경계선을 설정하여 남북 양쪽에서 차지한 지역을 현실화해 250마일 휴전선을 그었다. 그 결과 동쪽은 38선을 훨씬 넘어 위로 고성까지 올라가 있지만, 38선상에 있는 해주 남쪽 개성, 장연 등은 북한측 관할이 되었다. 섬은 우리 군이 백령도 북쪽까지 차지하고 있었다. 문제는 바다에는 남북 경계선이 없었으므로 언제 무슨 일이 생길지 모를 일이었다. 이에 클라크 유엔군사령관이 백령도, 대청도, 소청도, 연평도, 우도의 서해5도와 북한측의 중간지점에 1953년 8

월 30일 북방한계선(NLL)을 설정하여 서로 넘어서는 안 될 해상경계선으로 선포했다. 북한에서도 이를 인정하여 1959년 북한중앙연보에도 북방한계선을 군사분계선으로 표기하였다. 1984년 수해물자를 북측에 전달할 때 북방한계선에서 전달했다. 1992년 남북합의서에도 남북의 불가침경계선과 구역은 쌍방이 관할해온 구역으로 한다고 명시하여 북방한계선이 해상불가침경계선임을 확인 했다.

그런데 북한은 1999년 연평 교전을 벌여 북방한계선의 무력화를 시도한 이후, 지속적으로 이를 인정하지 않으려는 시도를 계속했다. 그러다가 2007년 10.4선언에 '서해평화협력특별지대와 공동어로구역설정'을 합의 포함 시켰다. 북한은 이 구역설정을 통해 북방한계선을 무력화시키려는 속뜻을 품고 있다. 지난 대통령선거 당시 북방한계선에 관한 논쟁은 바로 이와 관련된 것이었다. 주요 대선후보들은 북방한계선은 우리의 생명선으로서 반드시 지켜야 한다고 했다.

서해5도는 우리 서해와 수도권을 방어하는 큰 함정과 같다. 남과 북의 바다 경계선인 북방한계선이 무너지면 인천항과 국제공항, 서해어로, 수도권 방어에 결정적인 영향을 준다. 북방한계선이 반드시 수호되어야 함을, 백령도에 가보면 더욱 절실히 느끼게 된다.

(영암군민신문 2013년 5월 10일)

백두산 기행

헌정회 역사탐방팀 일행은 초여름 백두산 기행에 나섰다. 우리 땅 우리 길을 맘대로 가지 못하고 돌아돌아 이웃나라 땅을 밟고 우리의 영산 백두산 탐방에 나서는 마음이 한없이 허허롭다.

하늘이 문을 열어주지 않으면 백두영봉에 올라 천지(天池)를 제대로 관조할 수 없다고 한다. 기상 변화가 아주 심하기 때문이다. 장쩌민은 백두산에 오르려 갔다가 날씨가 길을 허용해 주지 않아 오르지 못했으나, 등소평에게는 날씨가 오름길을 열어주어 백두산에 올라 천지의 생생한 모습을 보았다는 일화가 전한다. 우리에게도 하늘이 길을 열어 줄 것같이 날씨가 좋다.

백두산에 오르는 데는 산이 가파르고 길이 비좁아 산악 찦차를 타고, 금방 굴러 떨어질 것만 같은 벼랑길을 구불구불 올라, 산중턱에서 내려 걸어서 올라간다. 올라가는 길은 비탈지지만 '천지를 생전 처음 본다'는 설레임으로 숨을 헐떡이면서도 발걸음은 빨라진다.

▧ 백두산에 올라

산등성이 오르는 발걸음이 빨라진다 자작나무 숲을 지나 구불구불 산허리를 감아 오른다 해발 이천 오백 여 미터 시계(視界)가 열리면서 골 깊은 하늘연못이 펼쳐진다. 봉우리 봉우리에 둘러싸여 찡하니 가슴벽을 후려치며 천지(天池)가 달려든다.

치솟는 바람결에 모래가 날리고 자갈비탈 따라 비스듬히 몸뚱어리가 기울어진다. 조마조마 몸과 마음이 흔들리는데 저 건너 몰려다니는 안개자락은 산신령인가? 산봉우리를 희끗희끗 가리며 구름구름 흘러간다.

고개를 꺾어 올린 장군봉(將軍峰)은 깊은 생각에 잠기어 물끄러미 천지를 굽어본다. 수십 길 수심(水深)엔 무늬진 태고의 발자취를 고요 속에 잠겨 둔 채, 산그림자 드리운 물낯바다 쪽물이 내 마음결을 적신다. 잔잔 물살지면서 시시각각 낯꽃을 바꾸고 있는 저 황홀경!

무언가 물거울을 깨고 불쑥 뛰쳐 오를 것만 같다 정령(精靈) 깃든 신비의 하늘 물, 저 물이 압록, 두만, 태초의 물길을 열고, 백두정기(白頭精氣)가 태백 등줄기를 타고 한라 백록에 벋어 내려 하나로 맥박 치느니, 너와 나 한 핏줄 힘찬 고동 파도쳐 오는구나. 마음속으로 백두 한라 하늘에 고개 숙여 경배한다.

〽️ 백두산을 내려오며

정계비(定界碑) 북녘 너른 들에 펼쳐진 고산 자작나무 우거진 숲이여! 오랜 숨결 이어오는 우리 산과 들이 짓밟힌 아림 안으로 씹으면서, 골골마다 눈보라 속 시퍼렇게 칼 가는 소리 들린다. 땅심을 흔들며 내달리는 말굽소리 바람소리가 내 심장을 가른다.

곤두선 벼랑 강물이 가로질러 달려가는 들판엔 건널 뱃길이 절벽으로 닫혀있다. 백두 남녘 등성이를 오르지 못하고, 북녘 남의 에움길을 돌아 밟고 가느니, 아득한 벌판에서 거친 숲 속에서 눈감지 못한 정령들이여, '힘내라, 힘내라' 하네, '하나 되라, 하나 되라' 귓전을 후려치네.

그 소리에 고개 떨구며 천근만근 어두운 발걸음을 내리 딛는다.

〽️ 지금도 압록강은 흐른다

화물선 한 척이 철교 아래 시간물살을 타고 흐른다. 낡은 왕조를 태워 떠내려가는 뗏목 가뭇없다. 이쪽과 저쪽, 단동과 의주를 가르면서 제 걸음사위로 흐르는 저 소리, 죽은 강물, 일고 스는 역사의 바퀴살을 소리 없이 휘감으며 돌리며 오늘의 날빛만 반짝인다.

건너편 어둑한 그림자 물결 위에 폐선 대여섯 척 꽁꽁 묶여 출렁이고, 강둑 드문드문 걷는 사람들 발걸음이 흐릿하다. 무릎 괴고 앉은 한 중년이, 기다리던 사람처럼 다가가는 뱃머리에 손 흔들어 반기는데, 내 마음은 천길만길 물속으로 가라앉는다.

내 발걸음의 경계선(境界線) 단동, 망치 소리 한창 밝아간다. 바라만 보는 의주여, 어둔 구름떼 아래 모래더미를 노려보는 포클레인이 머리빡 치켜들어 아가릴 아귀아귀 벌리고 있구나. 말굽소리 깊이 스민 어느 바람 숲에서 일어오는 전령사인가? 온 몸뚱이로 알 듯 모를 듯 소곤대며 물살쳐 간다.

어느 때 한 몸 한 마음 되어 햇볕 드는 저 땅을 발목 시리게 밟아 볼거나. 두꺼운 바람철벽 풀어헤쳐 새 바람 새 온기 들게 할거나. 건너다보며 보면서 뚝방길 허방 따라 멀리 날려간다.

◩ 백두산 뒤안길 따라

천지 넘치는 물 한 줄기, 북녘 낮은 물길 찾아 흐르다가 새하얀 물 이빨 내보이며 내리꽂는 장백폭포, 쏟아내는 벼락치는 소리가 하늘벽을 울린다.

하도 물이 맑아 손을 담그니 뼛속까지 아려온다.

길 계단 밑 그늘진 곳 노랑 얼굴 빼꼼히 내민 지리고들배기가 보아 달라는 듯 미소 짓는다.

폭포 양 날개엔 세속 먼지 얼룩진 잔설이 서려 있는데 김 무럭무럭 피어오르는 온천수에 생달걀을 쩌서 파는 고단한 사람들 손길 발길 부산하다.

산취나물 무성한 백양나무 숲 속, 쑥국새 한 마리 울고 간다.

장백폭포에서 내려오는 길에 옷을 적시고 장백산관광호텔에 들어서니 쏟아지는 빗줄기가 수천수만 개구리 한꺼번에 울어대는 소리, 폭포수 쓸고 가는 소리를 낸다.

번개는 백두산을 찰나찰나 밝히고 내리치는 우레 소리가 하늘땅을 뒤흔든다. 무엇인가 새 신화를 창조하려는 몸부림 같다.

아침 산책길이 맑아라. 산봉우리엔 안개 어리고 풋풋한 이파리들, 계곡물 소리, 이름 모를 작은 새 짹짹이는 소리, 어울려 조화롭다.

작은 천지로 가는 개울 다리 밑 바위틈 요리조리 흐르는 물줄기를 건너, 산책길 따라 오르니 나지막한 고개 너머 잔잔한 소천지(小天池), 손가락지 모양을 그리고 있다.

이 물도 천지의 물이 흘러흘러 고인 것이라 소천지라 이름하였는가.

(2006년 6월 21일)

나와 「지방행정」지
-「지방행정」 창간 40주년

「地方行政」지가 이달로서 창간 40주년이 되었다. 1952년 7월에 창간되어 통권 465호를 기록하는 동안 많은 내무공무원과 뜻있는 지방행정 전문가들의 애정어린 손길이 스쳐갔다.

처음 발간되던 당시의 행정환경은 6·25전쟁 중이었기 때문에 사회가 극히 혼란한 시기였다. 그러한 가운데서 1949년에 제정된 지방자치법에 따라 1952년 4월 기초자치단체인 시.읍.면의 의회의원이 선출되었고, 다음 달 5월에는 광역자치단체인 도의회 의원을 선거하여 도·시·읍·면의회가 최초로 구성되기에 이르렀다. 물론 이때에는 지방행정분야에 관한 연구서도 전무한 상태였고, 대학에서 지금 같은 행정학 강의도 개설되지 않았던 때였다. 이러한 사회적, 행정적 여건 하에서 「地方行政」지 창간계획을 수립, 추진하여 오늘에 이르게 한 선배 공무원들에게 깊은 경의를 표하지 않을 수 없다.

「地方行政」지는 주어진 행정여건 하에서 그때그때 가장 필요로 하는 과제를 주제로 선정하여 다각도로 심도 있게 분석, 연구한 내용을 게재하고, 주요 행정자료도 수록하고 있으므로 이를 통하여 그 당시의 주된 행정과제가 무엇인지, 또 그에 대해 어떻게 생각하고 있는가를 알 수 있으며, 아울러 그것이 실제 행정에 어떻게 통용되어 나가고 있는지를 파악할 수 있게 된다.

또한 지방행정분야를 연구하는 석학들과 행정실무자들이 이론과 실무를 논의하는 「場」으로서의 다리 역할을 해 오면서 앞으로의 행정이 지향할 바를 제시해 주는 일역을 담당해 오기도 한다. 그렇게 함으로써 공무원에게는 「연구하는 행정」 「생각하는 행정」을 할 수 있게 하는 자극제가 되고 있다.

그러한 의미에서 「地方行政」지는 지방행정의 산 증인이요, 변천사이며, 행정발전을 희구하는 관계자들의 의사표출창구라고 말할 수 있다.

이와 같은 「地方行政」지는 시도와 시군, 읍면동, 출장소에 배부되어 도시의 일선공무원으로부터 오지, 낙도에 근무하는 공무원의 책상 위에 자리하여 교양지로서 역할을 해 오고 있으며, 내무부와 시도에서 실시되는 지방행정공무원의 소양고사 등에 출제되는 교과서로서도 애독되고 있다.

내가 아는 어떤 퇴직 고급공무원은 공직생활 40년을 마감하며 펴낸 그의 회고록에서 '현직 공무원에 대한 교양을 높이는 방법은 여러 가지가 있다. 그 중에서도 지방행정지, 지방재정지, 도시문제지 등 각종 간행물을 배부하여 읽게 하는 방법이 있다.'고 얘기하고 '내무부에서 실시한 제2회 지방청공무원 교양고사(1959년)에 도의 대표로 나가 일등을 하였다'라고 회고하고 있다.(林斗日, 一心職誠, 1990) 나는 과거 공무원이 치르는 시험위원으로 위촉될 때마다, 행정실무과목 문제를 「地方行政」지에서 출제하여 공무원들의 이 책에 대한 관심도를 높이고, 폭넓게 탐독하도록 했다.

내가 「地方行政」지를 처음 접하게 된 것은 전라남도에서 공무원생활을 시작한 1962년도였으며, 「地方行政」지의 중요성을 알게 된 것은 두 가지 계기에서 였다. 내가 과장보직을 받기 전, 도 건설국에는 법률사항이 많았을 뿐 아니라 특히, 당시 붐이 일고 있던 간척사업에 따른 민원이 많이 제기되고 있었기 때문에 농지개량과에 배치되어 건설국의 법률일반과 농지개량조성업무를 담당하게 되었다. 그 때 양여(讓與)에 관하여 규정한 토지개량사업법 제57조의 해석을 놓고 평소 가까이 지낸 선배공무원(당시 감사담당)이 나의 법해석에 대하여 이의를 제기했다.

그와 여러 차례 열띤 격론을 벌였다. 나는 나의 견해가 옳다는 확신을 가지고 있었으므로 나의 해석에 따라 업무처리를 해나가도록 하였다. 그런 다음 상당한 시일이 경과한 어느 날 「地方行政」지를 보고 있던 중 이에 관한 질의·답변 내용이 「地方行政」지의 질의응답란에 게재되어 있는 것을 발견하고 놀랐다. 물론 질의자는 나와 의견을 달리한 바로 그 선배공무원 이었다.

답변은 내무부 법무담당관실에서 하였으나 중립적인 애매모

호한 답변 내용이었다. 논의는 그것으로 종결이 되어 나의 해석에 따라 업무처리는 계속되어 갔다. 그러나 나는 선배공무원의 그 놀라운 집념과 열성에 머리가 숙여졌다. 끈질긴 학구정신과 신념, 바로 그것이 지방행정을 발전시키는 원동력으로, 나도 본받아야 할 것이라고 생각했다. 이것이 계기가 되어 나는 「地方行政」지에 깊은 관심을 기울이게 되었다.

다음은 전라남도 재정과장 때의 일이다. 그 당시 내무부에서는 매년 지방행정연수대회를 개최했다. 그때 국가의 중점시책이 농어민소득증대였으므로 연수대회의 주제도 당연히 농어민소득증대방안이었다. 전라남도에서 부여 받은 부제(副題)는 「농어민소득증대를 위한 국고보조와 지방재정계획」이었다. 먼저 소득격차 요인과 농어민소득사업 및 지원실태를 분석하고 사업을 재원별로 보조형, 융자형, 혼합형, 지방부담형의 네 가지로 유형화하여 재정,금융지원 범위를 명시하였다.

나는 이 연구내용을 발표하여, 우수상을 받았으며 내무부에서는 발표문 내용을 요약해서 「地方行政」지에 게재해 주었다. 이것이 연유가 되어 나는 「地方行政」지에 더욱 관심을 기울였으며, 「地方行政」지가 배포될 때마다 가능한 한 많은 부분을 탐독했고 「地方行政」지가 서가의 한 부분을 차지하게 하는 습관을 가지게 되었다.

내무부에서는 도시지도과장을 하면서 당시 유일한 도시행정연구지였던 「都市問題」지에 애착을 가졌으며, 행정과장, 지방행정국장, 차관보를 거치면서 「地方行政」지에 직·간접적으로 관여하여 여러 가지 숨은 일화를 간직하게 되었다. 「地方行政」
지나 「都市問題」지의 편집과정에서 많은 관계 학자 또는 전문
가와 의견을 교환 하면서 지방행정에 관한 현안문제와 발전과
제를 논의할 수 있게 된 것이 대단히 의의 있는 일이었다고 생
각된다.

지금 「地方行政」지는 이 분야 전공학자들이나 전문가들의 연
구에 있어서도 빼놓을 수 없는 주요 자료로 활용되고 있다. 나
도 지방행정과 관련하여 글을 쓸 때는 논제와 관련된 자료가
「地方行政」지에 게재되어 있는지를 찾아서 참고로 한다. 다만
목록표가 없어 자료를 찾는데 많은 시간이 걸리는 경우가 있어
안타까울 때가 없지는 않다.

지금까지 「地方行政」지의 편집운영이 비교적 잘 되고 있는
줄 알고 있으나 앞으로 「地方行政」지의 역할에 관하여 몇 가지
언급해 보고자 한다.

먼저 「地方行政」지에 다양한 의견을 게재하는 일이다. 지방
자치단체의 장 선거는 아직 하지 않았으나 지방의회를 이미 구
성하여 다소 초기적 문제는 있지만 집행기관에 대한 견제, 주
민의견의 대변 등을 하고 있어, 지방자치시대에 위치하고 있
다. 그러므로 지방자치제도가 주민중심의 참된 자치행정으로
정착될 수 있도록 힘을 기울여야 할 것이다. 그러한 견지에서
아직도 중앙집권적 관치행정의 테두리를 탈피하지 못하고 있
는 현행제도나 운영상태가 있다면 개선, 발전시켜 나가야 할
과제라 할 수 있다. 이러한 과제에 대하여 다양한 입장과 견해

를 게재하여 「地方行政」지가 지방자치의 활발한 논의의 장이될 수 있도록 유도해 나가는 것이 장기적인 안목에서 지방자치발전을 위하여 유익할 것으로 보아진다.

다음은 행정사례 및 행정연구의 폭넓은 게재이다. 「地方行政」지는 순수 학술연구지가 아니며, 지방행정공무원을 대상으로 한 교양지이다. 그러므로 실제 행정에 도움이 될 수 있는 경험적 사례들을 행정에 참여한 공무원들이 기술하여 수록하는것이, 동일 또는 유사한 행정사안 처리에 참고가 될 수 있을 것이다. 행정은 현실이다. 일정사안이 현실적 바탕위에서 기획되고 집행과정을 거쳐 성과로 결실된다. 행정결과는 기획내용이나 추진방법에 따라 질적 차이가 있게 되며, 기획과 집행에 관여한 공무원이 결과까지의 과정에서 파생된 문제 및 대응조치등을 가장 깊게 파악하고 있을 것이다. 따라서 담당공무원이직접 그 사례를 심도 있게 정리하여 게재하는 것은 지방행정발전에도 도움이 클 것이다.

또한 창안에 의하여 개발된 시책으로서 장차 행정이론화 될수 있는 것은 관계 공무원들이 체계적으로 이를 정립하여 「地方行政」지에 수록해 둠으로써 장차 여기에 직접 참여하지 않았던 지방행정연구가들이 사후에 이론화하는 데 도움을 줄뿐 아니라 발생할지 모를 왜곡 전달되는 사례를 예방할 수 있을 것이다.

그리고 행정통계나 행정실무에 적용될 수 있는 여타 자료의계획적인 수록도 보장되어야 할 것이다. 지방공무원들은 업무를 처리하는 데 사용되는 자료를 필요로 할 것이므로 이의 지속적인 선별 게재는 「地方行政」지의 활용도를 높이는 데 기여할 것이다.

끝으로 외국의 지방행정(자치행정)지와 자매결연을 한다면 관련 정보 교환이나 외국자료 획득에 도움이 될 것으로 본다.

(지방행정 제465호 1992년 7월)

왕인 오솔길을 걸으며

-문산재에서 성천까지

금년 4월 8일 오후 최기욱, 강학용, 박건영과 함께 월출산 왕인박사유적지를 오랜만에 돌아보기로 하고 길을 나섰다. 도지사 시절에는 업무일정 관계로 부득이 바쁘게 둘러보았지만, 시간을 가지고 자세히 살펴보고 싶어서였다.

죽정에서 문산재 양사재로 가는 길을 타고 올랐다. 내가 이 길을 오르는 것은 오늘로 네 번째인 셈이다. 왕인박사유적지 정비사업계획을 수립할 당시, 왕인박사현창협회 전무이사로 계시던 박찬우 전 회장으로부터, 문산재와 양사재가 왕인박사께서 수학하고 제자들을 가르친 장소로 전해지고 있으므로 복원해야 한다는 건의를 받고 처음으로 현장을 답사했다. 그 뒤 복원 공사를 하는 중에 한 번, 그리고 완공된 뒤에 다시 한 차례 가 보았다. 늘 함께 간 분은 박찬우 전 회장이었다.

당시의 길은 좁다란 산길이었다. 따라서 공사를 하면서 필요한 자재를 운반하는데 많은 어려움을 겪었다는 얘기를 들었다. 그러나 지금은 길을 넓히고 포장까지 하여 승용차로 오르내릴 수 있도록 정비가 되어 있다. 자동차는 문산재 입구 샘터까지 올라갈 수 있다.

비가 온 뒤라 철철 흐르는 산골 물소리를 들으며 오르니, 위쪽으로 문산재 양사재 350m, 오른쪽으로 성천 1.7km라는 방향표지가 나온다. 이 지점에서 바로 오른쪽 숲 속에 돌로 쌓은 성의 흔적이 보인다. 오랜 세월을 거치면서 많이 유실되었지만 돌무더기들이 원래의 자리를 지키고 있다. 어느 시대에 무슨 목적으로 쌓았는지, 어떻게 활용되었는지 알 길이 없다. 이에 대한 현지조사와 연구가 이루어져, 문화유적지로 관리가 된다면 월출산 일대의 역사적 의의가 더 깊어지지 않을까 생각된다.

방향 표지판이 위치한 곳에서 조금 올라가니 길 왼편에 지침바위(紙砧岩)가 무심히 앉아 있다. 오랜 세월의 풍상이 스쳐간 자국이 역력하다. 생긴 그대로인 바위를 담쟁이넝쿨이 뒤덮고 있다. 옛날 주변에 자생한 닥나무를 쪄다가, 종이를 만들기 위해 두들긴 흔적이, 바위 옆면에 내력처럼 선명히 남아있다. 왕인박사께서 이 바위를 이용하여 닥나무를 베어다가 종이를 만들었다고 전해온다. 그래서 지침바위라는 이름이 붙여졌다고 한다. 지금도 지침바위 주변에는 눈여겨보아주는 이 없이 닥나무가 자라고 있다.

지침바위 앞에 서서

문산재 오르는 구부장한 산허리
덩치 큰 농투성이 바윗돌 하나
아무렇게나 둥지 틀고 앉아 있다

바람서리 나며들며 피워낸
천 수백 해 묵은 바위꽃, 담쟁이가
파릇파릇 바위집을 감싸 자라고

절로 난 닥나무를 쩌다가
후려친 자국, 핏자국들
종이 만든 역사의 훈장인가
그때 그 어둠놀 사람들 그림자 하나 없다

바윗돌 에워싸는 닥나무 후예들
눈여겨보는 이 하나 없는데 해마다
새순새순 눈을 틔워 옛 하늘 우러르며
지침바위를 향해 온몸뚱이를 뒤척인다

지침바위를 지나 조금 올라가면 문산재와 양사재가 정면으로 올려다 보인다. 문산재와 양사재는 죽순봉(문필봉)이 서북쪽 줄기를 타고 내려오면서 산중턱에 마련해 놓은 터전에 자리하고 있다.

문산재와 양사재의 뜰에 올라서기 전, 좌측에 두 그루의 해묵은 팽나무가 서 있는데 그 언저리에 바위틈을 타고 흘러나오는 자연수를 받기 위한 물받이 시설을 해 놓았다. 돌로 만든 용의 입구멍을 통해 나오는 생수를 표주박으로 떠 마시니 월출산 영기가 온몸에 스민 듯 시원하다. 이 물을 길러가기 위해 차를 몰고 온 두 장정이 물통에 물을 부어 담고 있다.

"물맛이 좋은가요?"

"좋다말다요. 이보다 더 좋은 생수가 어디 있다요!"

옛날 왕인박사와 제자들도 월출산 바위틈을 뚫고 흘러내리는 물을 마셨을 것이라 생각하니 감회가 새로워진다.

문산재와 양사재의 경내 규모는 200여 평으로 우측에 문산재, 좌측에 양사재가 자리하고 있다. 문산재 앞뜰에 들어서며 1,600여 년 전에 왕인박사께서 여기에서 수학하고 학문을 닦아 일본으로 건너가서 일본 황태자의 스승이 되고 일본 문학의 시조가 되었다고 생각하니 긍지가 가슴속에 뿌듯이 차오른다. 그러나 지금은 그 자취를 찾을 길 없고 너무나 적요하다. 문산재 우측 툇마루에 작은 책상을 사이에 놓고 흰 한복 차림의 두 분이 차를 마시며 담소를 나누고 있을 뿐이다. 입지로 보아 학문을 닦고 시문을 지으며 사색을 하는 데는 최상의 환경이라는 생각이 든다.

문산제는 27평이다. 방이 네 칸이고 부엌이 하나 있다. 한때는 고시준비생이 와서 공부를 했다는데 지금은 그들마저 떠나고 없다. 도사라는 분이 여기에 머물고 있다.

양사재는 13평이다. 방이 하나인데 비교적 큰 편이다. 방에는 무명선사라는 분이 혼자 거처하고 있다. 지리산 청학동에서도 있었다 한다. 녹차를 마시며 얘기를 나눈 뒤 마루에 나와 서니, 내려다보이는 경관이 막힌 속을 확 트이게 해 주는 것만 같다.

문산재와 양사재는 1985년 12월 30일에 착공, 1986년 11월 12일 완공하여 오늘에 이르고 있다.

문산재 뜨락에서

솟구친 문필봉 서기가 뻗어내려
닦고 다진 글방 문 활짝 열어저치니
재재다사 발자국 소리 붐비었네

왕인 예서 글 칼 갈고 닦아 세워서
천하 영재 문하들 기루었느니
귀설은 잔잔한 님의 목소리
아슴아슴 지금도 메아리쳐 여울져 오네

바다 건너 큰 별 현인을 기리며
배움의 물길 이어온 글의 샘터
천년 세월이 물보라 치며 굽이져 갔는가

적요 샘물만 그 자리 고여 뼛속 깊이 밀려드네

양사재 뒤란 바윗길을 따라 조금 오르면 바위로 이루어진 비탈바지에 석인상이 눈에 들어온다. 높이 2.68m 폭 1.7m의 선돌에 양각해 놓은 석인상은 상대포 방향을 하염없이 굽어보고 있다. 마치 멀리 떠난 누군가를 그리듯이. 왕인박사의 제자들이 천자문 한권과 논어 열권을 가지고 상대포에서 배를 타고 일본으로 건너간 왕인박사를 기려, 이 석인상을 세웠다는 설이 전해온다. 그래서 이 석인상을 왕인석상이라 부르기도 한다.

이 석인상의 양 어깨에는 옷주름이 보이며, 가슴에서 밑으로 큼직한 옷주름이 흘러내리고 있다. 양쪽 팔에 걸친 도포자락은 양 옆으로 길게 느리워졌으며, 두 손을 도포 안에 감추고 있다.

나는 왕인석상 옆에 나란히 서 본다. 구림 일대의 전경이 한눈에 들어온다. 이 석인상은 춘하추동, 좋은 날씨나 궂은 날씨 가리지 않고 한 곳만 굽어보고 있다.

석인상의 뒤쪽 바위에는 무엇인가 세웠음직한 구멍 두 개가 나란히 파여 있다. 그 용도는 알 수 없으나 앞으로 석인상의 마모를 방지하기 위해 보호시설을 설치할 경우, 그 돌구멍이 위쪽 기둥자리가 되지 않을까 생각해 본다.

석인상 오른쪽으로 바위를 밟고 몇 발자국 오르면 책굴이 있다. 바위로 이루어진 산 중턱에 바윗돌이 서로 괴어 천정이 되고 벽이 되어 천연굴을 이룬 것이다. 책굴의 입구는 성인 한 사람이 들어갈 수 있을만한 구멍이 나 있다. 돌구멍에 두 발을 들여 밀어 계단처럼 놓인 받침돌을 밟고 들어간다. 상당히 깊은 입구다. 비가 온 뒤라 바닥에 물기가 약간 젖어 있다. 책굴 안은 직사각형 구조로 꽤 넓다. 길이가 7m, 폭이 2.5m, 높이는 1.3m-5m나 된다. 높이는 서쪽인 입구에서 동쪽인 안으로 들어갈수록 낮아진다.

마치 햇빛을 받기 위해 일부러 만들어 놓은 것처럼, 천정에는 연돌만한 구멍이 하늘로 나 있어 책굴 안이 어둡지 않다. 입구에서 우측 밑쪽에 작은 구멍이 나 있어, 안쪽에 들친 물이 밖으로 흘러 나가게 되어 있다. 약간 고개를 숙이고 맨 안쪽에 다다르니 빗방울 하나 들치지 않는 안전한 구조를 이루고 있고, 책상 같은 바윗돌이 가로놓여 있어서, 여기에 책을 쌓아놓고 읽어볼 수 있을 것 같다. 왕인박사께서 이곳을 서고로 삼아 책을 보관해 놓았다면 바로 이 자리가 그 자리임에 틀림없으리라 생각하면서 아무것도 없는 돌을 쓰다듬어 본다. 왕인박사께서 문산재와 책굴을 오가면서, 여기 앉아 아무런 방해도 받지 않고 혼자 책을 보고 깊은 사색에 잠기기도 했으리라. 자연이 만들어준 천연의 책굴 안에 만감이 교차하는 마음을 추스르며 한참을 머물었다가 입구를 통해 나왔다.

책굴 안 들어서서

1.
양사재 뒤란 산등성이를 오른다

돋을무늬 도포자락 길게 드리운 채
황포돛배 떠나간 상대포 굽어보며
책굴 앞 홀로 선 돌사람이 나를 맞이한다

스승 기려 제자들 여기 세웠다던가
내 키를 조금 넘는 왕인석상
어깨 기대 나란 서니
옛 숨결 돌아와 포근해진다

2.
돌문 닫고 석굴 안 들어서니
하늘창으로 스며드는 한 줄기 햇살이
길쭉한 돌방을 눈앞에 펼쳐 놓는다

머리 숙여 다가앉는 돌책상엔
시간의 잔해만 가랑가랑 너브러졌는데

손때 묻은 책들 차곡차곡 쌓아두고
글 고랑 갈며 명상바다 깊이 잠겼으리니
빈방 님 그리며 돌바닥을 쓰다듬는다

  석인상 앞을 지나 책굴의 벽이 되고 있는 비탈바위에 앉았다.
넓은 바위다. 책굴 아래 문산재와 양사재가 내려다보인다. 제

비집같이 알맞은 자리에 터를 잡았다.

　내가 앉은 자리 옆에 큰 조개만한 돌구멍이 나 있다. 바닥에
는 새파란 이끼가 폭삭하게 자라 있다. 손으로 만져보니 물기
가 촉촉하다. 그 위에 청개구리 한 마리가 밖을 내다보며 앉아
있다. 골골마다 생명이 스며있지 않은 곳이 없다. 월출산은 이
러한 생명들의 숨결로 인해 싱싱하다.

청개구리

발기척 아슴한 비탈바위에
굴조개 암자 한 채
바람과 빗방울만 제집처럼 드나든다

얼마나 많은 해와 달 여기 스쳐갔는가
시푸른 이끼양탄자 굴 안 가득 깔려
폭신폭신 역사의 물기 머금고 있는데

삶의 너덜길 홀로 헤매다가
하안거 찾아들었는가 청개구리 한 마리
이끼방석 꿇고 앉아 세상 밖 굽어보며
저녁노을 깔리는 범종소리에 귀청 모두고 있다

바람에 흔들리는 바윗돌 암자에서

맨몸으로 구도하며 살아가는 저 가냘픈 숨결로
월출산은 오늘도 생생 숨결 내쉬고 있다

다시 바위를 타고 월대암에 올랐다. 죽정마을이 바로 내려다
보이고 구림마을이 시야 속에 박혀 있다. 직선으로 뻗은 들판.
보리가 새파랗다. 안개만 끼지 않았다면 멀리 바라볼 수 있었
을 것이다. 공기가 더없이 상쾌하고 머리도 맑다.

월대암에서 내려 죽순봉(문필봉) 방향으로 산봉우리 숲길을
걷는다. 참꽃이 소나무 사이사이에 분홍 얼굴을 내밀고 있다.
땔감나무를 베지 않으니 나무가 무성하고 참꽃나무도 키가 크
다. 우리는 옛날을 생각하며 참꽃을 따서 입에 넣었다. 시큼달
콤한 옛 맛 그대로다. 혀끝에 인처럼 박힌 맛이 어디로 갔겠는
가.

문필봉으로 오르는 영마루에서 문산재를 지나 다시 내려간
다. 물소리만 귓전을 울릴 뿐, 새 지저귀는 소리 하나 들리지
않는다. 지침바위를 지나 성터를 좌측으로 끼고 1.7km 거리에
있는 성천을 향하여 오솔길로 접어든다. 성기동에서 문산재까
지 왕인이 걸었을 이 길. 옛날의 좁다란 이 산길을 다니기 좋은
산책길로 잘 가꾸어 놓았다. 걸으면서 사색에 잠기게 하고 삶
의 의미를 되새겨 보게 하는 오솔길, 오르고 내리며 숲 속에 잠
긴 구림을 내려다보면서 걷는다. 문득 '왕인 오솔길'이라 명명
하면 어떨까 하는 생각이 든다.

중간지점에 월록정(月麓亭)이 서 있다. 월출산 산허리에 위치

한 휴게소다. 등산객이나 산책객이 잠시 쉬어가기 알맞은 자리다. 월출산의 산자락에 있는 정자라는 의미로 붙여진 명칭이겠지만, 나는 혼자 '달의 골짝 자락에 있는 정자'라는 의미로 해석해 보면서 이렇게 풀이하는 것이 문학적이며 운치 있게 느껴질 것 같다는 생각을 해 본다.

정자 인근에 '오솔길'이라는 시비가 서 있다. 서정적인 시를 지어 나무에 걸어놓은 것을 시비로 세운 것이라 한다. 이 오솔길은 시의 산책길이라 할 수 있다. 군데군데 영암문인협회 회원들(오금희 전영란 봉성희 정윤희 등)의 시가 나뭇가지에 걸려 있어, 지나가는 탐방객이 한편 한편 읊으면서 걷는 재미가 클 것이다.

좀 더 내려가니 앞이 툭 트인 자리에 전망대가 설치되어 있다. 앉아 쉬는 의자도 양쪽에 놓여 있다. 지나가는 누군가가 놓고 갔는지, 나무 지팡이 두 개가 나란히 기대 있다. 피로한 사람이 짚고 가라는 것인가. 구림과 서호강 들판이 그림처럼 펼쳐 있고 은적산이 서녘에 병풍처럼 둘러있다. 잠깐 쉬었다가 다시 걸어 성천에 이른다.

왕인 오솔길을 걸으며

산줄기 굽이치는 산길을 걷는다
성기동에서 문산재로 벋어 가는
외나무 호젓한 오솔길

은빛 고요 호수가 넘실거린다

아득한 날 왕인박사 이 길을 오가며
학문의 돌탑을 쌓아 올리고
깊은 사색의 바다에 잠겼으리라

수없이 밟고 간 이름 없는 발걸음들
한 발짝 두 발짝 심인(心印)으로 찍히어
오솔길의 발자취 이루었거니
옛 하늘 더듬으며 구름길을 걸어간다

우러러 신령바위 봉우리마다
피어오르는 맑은 산의 정기
내 핏줄 속 스미어 흐르는가
씻은 듯 산뜻 기운 온몸을 휘감는다

　주지봉에서 흘러내린 물이 고이는 성천에서 표주박으로 물 한 모금 마시고, 돌구유에 멈추어 흘러가는 물을 본다. 이 물이 흘러흘러 세심교(洗心橋) 밑을 지나, 수신정(修身亭)을 바라보며 내려간다. 물가에 만들어 놓은 세족(洗足)하는 자리가 줄을 잇고 있다. 거기 지나 왕인지(王仁池), 도선지(道詵池), 지몽지(知夢池)가 이어진다. 유불 대가들의 출생지. 우측으로 왕인탄신지를 지나 왕인유허비 그리고 왕인묘(王仁廟), 좌측으로 왕인의 기념물들이 펼쳐 있다.

성천(聖泉)

산마루 스쳐가는 칼바람
바윗돌 깎고 갈아
월출 영봉 우뚝 세웠네

주지봉 정화수 흘러흘러
성천 샘물 넘치니
왕인 예서 세상바람 처음 쐬셨네

바위 뚫고 나오는 생명수
표주박 한 모금 들이키니
영산의 기운 온몸을 타고 도네

(2011년 4월 8일)

터 잡기

하나의 공공시설이 입주할 터를 찾아 정하는 일은 쉬운 일이 아니다. 들어 설 시설이 무엇이냐에 따라서 위치 선정 요건이 상이하고 확보해야 할 부지의 규모에 따라서도 자리가 달라진다. 더군다나 한번 시설이 들어서고 난 뒤 다시 동일한 시설을 같은 자치단체 내에 신설한다는 것은 여러 가지 면에서 어려운 일이므로 백년대계라는 생각을 가지고 시설의 터를 잡아야 한다.

호남고속도로를 타고 광주시내에 들어설 때나 나갈 때, 고즈넉한 산을 배경으로 시내를 향해 자리하고 있는 국립광주박물관이 눈에 들어오면 나만이 갖는 감회가 고개를 든다. 다름 아닌 그 터를 잡을 때의 잊을 수 없는 과정 때문이다.

광주시장 때의 일이다. 어느 날 고건 도지사로부터 전화가 걸려 왔다. 박정희 대통령께서 광주에 국립박물관을 건립하도록 각별히 배려해 주셨는데 접근성이 좋은 고속도로 가시지역에 위치를 선정하는 것이 좋겠다는 의견이시니 알맞은 입지를 물색해 보라는 것이었다.

내 머릿속에는 두 곳이 떠올랐다. 가장 좋은 곳은 지금의 국립광주박물관이 자리한 곳이고 다음은 당시 빈터로 있던 광주어린이대공원 자리이다. 두 곳 모두 고속도로 가시권으로 접근성이 좋으며 가용면적도 비교적 넓어 문화시설이 입지할만한 곳이었다. 다만 지금의 박물관 자리는 나지막한 산의 아늑한 품안에 남향으로 시설이 들어 설 수 있고 고속도로에서 바로 건물 정면을 바라볼 수 있다. 어린이대공원 자리는 남향으로 건물이 들어선다면 고속도로에서 건물 후면을 볼 수 있을 뿐 정면을 관망할 수 없으며 시설에 들어갈 때는 고속도로에서 시내로 들어오는 길을 타야 한다.

현재의 광주박물관의 토지는 학교부지 예정지로 전라남도교육위원회가 소유하고 있었다. 정부에서 제2국립묘지를 조성하기 위해 각도에 한 곳씩 위치를 선정 국립묘지 후보지로 유보시켜 놓았는데 바로 이 자리가 전남의 후보지였다. 제2국립묘지가 대전 유성으로 결정되자 후보지 해제가 되어 학교 부지로 활용할 수 있게 되자, 도 교육위원회에서는 도심에 있는 광주기계공고를 그곳으로 이전하기 위해 노희원 교육감께서 시장인 나에게 학교부지로 도시계획변경을 부탁해 그렇게 하기로 응락했다. 나는 신형식 건설부장관에게 전화를 걸어 도시계획변경안을 올릴테니 승인해 달라고 부탁을 해놓았다. 도시계획변경안은 도 지역계획과에 진달 되었다.

곧이어 중앙에서 최순우 국립중앙박물관장께서 광주박물관

후보지 선정을 위해 광주에 왔다. 나는 가장 좋은 위치가 지금의 광주박물관 자리이지만 노휘원 교육감과의 신의상 그곳을 제일 후보지로 제시할 수가 없어 지금의 어린이대공원 위치를 내놓았다. 현지를 살펴본 최 관장께서는 광주박물관이 입지하기에는 적지가 아니라고 했다.

최 관장과 나는 박물관 후보지를 물색하기 위해 헬기를 타고 시내 여러 군데를 살폈으나 적합한 자리를 발견하지 못하였다. 기자들은 후보지를 알기 위해 북새통을 이루었다.

이렇게 되자 나는 가장 적지라고 보아진 자리를 내놓는 것이 옳다는 생각이 들었다. 노 교육감에게 양해를 구하고 학교부지는 다른 곳을 확보해 주면 되는 일이라는 판단이었다. 즉각 도지역계획과에 연락해 도시계획변경안을 반려해 달라 일러두고, 도지사실에 들렸다. 고건 지사에게 국립박물관으로 적지가 있다고 말씀드리니 '어디냐?'고 반색을 하며 물었다. 나는 현 박물관 위치가 최적지라 설명하고 그곳을 제시하지 못한 이유를 말씀드렸다. 그리고 "교육감에게 가서 싫은 소리 한 마디 듣고 양해를 구해야 하겠습니다." 하고 바로 동명동에 있는 전남교육위원회에 갔다. 노 교육감을 뵙고 국립광주박물관의 위치 선정과정을 말씀드린 다음, 부득이 기계공고 부지 예정지가 국립박물관 위치로 최적이니 박물관 위치로 정하고 기계공고 자리는 고속도로변에 적합한 입지를 잡아 드리겠다고 했다. 교육감께서는 '언제는 도시계획변경을 약속해 놓고 그러느냐'고 서운함을 표시했다.

이러한 과정을 거쳐서 노희원 교육감의 이해를 구하게 되었다. 그런 후 최순우 관장에게 지금의 박물관 위치를 제시하였다. 현지를 살펴본 최 관장께서는 아주 좋은 터라고 기뻐하며 즉시 위치 결정을 해 주었다. 이렇게 해서 광주박물관 터가 지금의 자리로 확정되기에 이르렀다. 최 순우 관장께서는 책임감이 강하신 문화재 분야의 거목이시라 위치가 결정된 뒤에야 광주를 떠나셨다.

광주기계공고 위치는 시에서 지금의 고속도로변 어매마을 들머리에 자리를 물색하여 확보 해 주었다. 전남지방공무원교육원과 전남농협연수원을 어매부락 안쪽 산록으로 이전하려, 고건 지사와 전년규 농협도지부장, 나와 함께 헬기를 타고 위치 물색을 해서 내부적으로 이미 확정되어 있었기 때문에 교육지구로서 알맞은 자리라고 생각하고 결정한 것이다. 광주박물관 부지와 광주기계공고부지를 맞교환 한 것이나 마찬가지 결과가 되었다.

이러한 과정을 거쳐 결정한 광주박물관의 터가 나는 지금도 아주 잘 잡은 것이라고 생각하고 있다. 더군다나 지금은 광주박물관 위치로 맨 먼저 제시했던 자리에 어린이대공원과 민속박물관이 들어서 있고 전남도지사 시절 6개월에 걸쳐 여러 후보지를 물색하다가 지금의 자리에 광주종합예술회관의 터를 잡아 시설이 들어섬으로써 명실공히 문화예술지대를 형성하고 있어 흐뭇한 생각이 들기까지 한다.

(광주행정동우 제5호 2004년)

영산강농업종합개발사업 이야기

영산강은 추억의 원천이다. 뱃길을 열어 내륙에서 바다로 오가게 했다. 왕인박사가 일본으로 간 물길도, 최치원이 당나라로 유학을 떠난 물길도, 왕건이 후백제를 치기 위해 나주에 닿은 물길도 영산강이었다. 우리가 영암호를 타고 목포에 다닌 것도 이 물길이었다.

영산강은 어족의 보고였다. 철따라 나오는 숭어, 모챙이, 운주리, 짱뚱이, 대갱이, 맛, 게, 고막 수없는 해산물들이 우리 입맛을 돋구었다. 나는 짱뚱이를 잡는다고 친구와 함께 막대 들고 뻘바탕을 뛰어다닌 적이 있다. 어머니를 따라 삼호 감치로 게를 잡으러 간 일도 있다. 목포에 오가면서 본 상쾡이들이 구부장한 등허리를 물 위에 내밀어 물속으로 잠기는 곡예 모습이 눈에 선하다.

영산강의 풍부한 어류 맛을 잊지 못한 분들 중 어떤 분은 영산강 하구둑을 터 버리면 어떤가고 농 반 진 반으로 말한다. 영산강물의 오염을 얘기하면서 하구둑을 터버려야 한다고, 특강

할 때 얘기한 외지의 이른바 명사라는 분도 있다.

영산강 하구둑을 터버리자 주장하는 것은 영산강농업종합개발사업이 어떤 연유로, 어떤 과정을 거쳐 이루어졌으며, 지금 영산강이 무슨 기능을 하는지 제대로 알지 못하기 때문이다.

여기에서 영산강농업종합개발사업의 목적과 과정 그리고 그 기능에 대하여 살펴보고자 한다.

영산강은 담양군 용면 추월산 용추봉에서 발원하여 담양, 광주, 나주, 함평, 무안을 지나 영산만으로 흘러들어 서해로 나아간다. 길이가 116km이고 유역면적이 2,798㎢로서 전남 총면적의 23%에 이른다. 낙동강이 525km, 한강이 470km, 금강이 401km, 섬진강이 212km이기 때문에 길이로 따지면 영산강은 4대강에 들지 못하지만 농지면적 비율이 가장 높고 인구밀도도 높은 곡창지대라서 그 중요성 때문에 4대강의 하나로 불리고 있다.

영산강은 길이가 짧고 유역형태가 부채꼴로 되어 있어 큰 비만 내리면 쉽게 범람하고, 조금 가물면 강바닥을 들어내 한해와 수해가 반복되는 지역이다. 그래서 영산강의 옛 이름이 사호강(沙湖江)이었다. 비가 조금만 안 와도 강물이 곧장 말라 모래사장으로 변한데서 유래한 이름이라 한다. 강우량의 변화에 따라 극히 불안정한 까닭에, 기후가 순조로울 때는 토지가 비옥하여 풍년을 구가하지만 가물거나 풍우가 심할 때는 재해가 크게 일어난다.

1967년과 68년의 전남 한해는 60년래의 한발로 엄청난 재난을 가져왔다. 1967년에는 19만4천 농가가 피해를 입었으며 1968년에는 전남의 논 면적 20만6천ha 중 14만1천ha가 피해를 입었다. 5만1천ha는 벼 한 포기도 심어보지 못할 정도로 큰 피해를 보았다.

이러한 재난 위기를 극복하고 한수해의 근본적인 해결을 위해 박정희 대통령의 지시로 영산강유역농업종합개발사업 기본계획이 구상되어 외자도입을 통해 사업을 추진하게 된 것이다.

영산강농업종합개발사업의 역사는 깊다. 6.25전쟁이 발발하면서 유엔은 1950년 12월 한국재건을 위해 한국재건단(UNKRA)을 설치하였다. 1957년 7월에는 주한미국협조처(USOM)로 개편되어 원조업무를 담당하였다. 1958년 12월 14일 유엔총회에서 저개발국에 대한 기술지원을 위해 국제연합특별기금(UNSF)이 만들어져 서해안과 서남해안 간석지 개발에 대한 수자원 이용이 주요 대상으로 대두 되었다.

농림부는 세계식량기구(FAO)와 국제연합특별기금(UNSF)의 자금사용을 협의하여, FAO에서 1960년 4월 영산강 현지답사보고서를 작성, 국제연합특별기금에 자금신청을 하여 1960년 12월 승인을 받았다. 국제연합특별기금 자금집행기관으로 FAO가 선정되고 이 자금에 의한 한국간척조사기구(UNTID)가 1962년 발족 되었다. 한국간척조사기구는 우선 가능 대상지구로 영산강계획을 선정했다. 이 기구에서 네델란드의 NEDECO용역단을 고용하여 영산강조사사업을 추진하였다.

한국간척조사기구의 업무 종료에 따라 1964년 토지개량조합연합회에서 이 업무를 인수하여 동년 7월 목포 영산강출장소(소장 최주열)를 설치 1968년까지 조사사업을 마쳤으며 이 자료가 영산강농업종합개발계획수립에 크게 반영되었다.

이 무렵 전라남도에서도 내가 근무하던 농지개량과에서 준비하여, 영산강 현지답사를 하고 도청회의실에서 각계 전문가와 일본토목학회 회장 등이 참석한 가운데 영산강사업 보고회를 개최하였다.

1967년 68년 극심한 한해로 인하여 영산강유역한해대책사업을 추진하기 위한 차관사업이 추진되었다. 1972년 2월 IBRD차관협정이 체결되어 영산강농업종학개발사업이 시행케 되었다. 영산강농업종합개발사업은 사업이 방대하여 단계별로 나누어 추진계획을 수립 진행하였다.

1단계사업은 4대호 사업이다.

가뭄 피해가 가장 큰 전남의 중상류지역 1시6개군, 3만4천 5백ha의 수자원을 최대한 확보하기 위하여 IBRD차관사업으로 장성댐, 담양댐, 광주댐, 나주댐 등 4개 댐을 계획하여 사업을 추진하였다. 저수량은 2억6천5백만t이다. 나주댐이 맨 먼저 1973년 4월 12일에 착공되었고 이어서 장성댐이 동년 7월 15일, 담양댐이 동년 8월 9일, 광주댐이 1974년 3월 9일에 착공되었다. 착공한지 3년 여만에 시공을 마치고 1976년 10월 14일 장성댐에서 박정희 대통령을 모시고 준공식을 가졌다.

1천4백 여km의 용수로가 영산강유역 구석구석을 적시고 경지정리, 개답, 배수로, 하천개수까지 이루어져 가뭄으로부터 해방되어 전천후농업지역으로 바뀌었다. 큰 비만 내리면 범람하던 영산강유역 특히 새끼내들의 수해를 막아낼 수 있게 되었다.

나는 도에 수습행정사무관으로 있으면서 수해가 난 뒤 버스를 타고 영암에 가면서 가슴 아픈 광경을 목격한 바 있다. 영산포 옛 다리를 지나 범람한 물이 길에 고여 있는데, 버스가 지나며 출렁거려 집안으로 스며든다고 아주머니들이 대야를 들고 나와 버스에 물을 퍼붓는 것이었다. 이러한 진풍경이 사라지게 된 것이다.

2단계사업은 영산호 사업이다.

영산강농업종합개발사업의 2단계사업은 영산강 본류에 하구둑을 막아 바다로 흘러가는 수자원을 확보하여 농업용수로 활용하는 계획이다. 1시4개군의 관개가 불가능한 영산강하류지역과 해안지역 2만7백ha를 개발하여 한수해를 일소하는 사업이다.

하구둑은 목포상류 6km지점에 바다를 메워 축조한 둑으로서 동양 최대의 인공담수호를 조성하게 된 것이다. 이 방조제는 1978년 1월 20일 착공되어 1981년 12월 28일 준공 되었다. 이로 인한 담수호의 저수량은 4대호의 수량과 비슷한 2억5천3백만t이나 된다. 이 물은 용수로 885km를 통하여 한해에 시달려온 논에 공급되며 항상 가뭄이면 물쌈이 잦던 우리 마을들에도 영산강물이 흘러들어 아무리 가물때라도 물 걱정 없이 농사를 짓게 되었다. 그리고 이 물은 연락수로를 통해 영암호와 금호호에 들어가 활용을 하고 있다.

하구둑 공사로 인해 6,070ha의 간척지가 새로 생겨 대불산단 775ha, 도청 신도시, 농지 등으로 활용되고 있다. 경지정리도 4,505ha 이루어져 편리한 경농을 할 수 있게 되었다. 그리고 하구언으로 인해 함평, 무안 일대의 침수 피해를 막을 수 있게 되었다.

하구언 공사로 인해 서남해에서 목포를 거쳐 영산포까지 오르내리던 뱃길이 끊겼다. 유명한 구진포의 장어도 영산강 육수와 해수가 마주치는 곳에서 많이 잡혔는데 사라졌다. 다행히 4대강사업으로 인해 강물도 많이 고이고 함평 사평에서 영산포 구진포까지의 쌓인 모래도 걸어내 물길도 트였다. 나주시에서는 1백톤급 왕건호를 건조해 띄워놓고 있다.

3단계사업은 영암호 금호호 사업이다.

영산강농업종합개발 3단계사업은 영암과 해남 사이에 있는 영암방조제와 금호방조제를 조성하여 영암호와 금호호에 영산강 담수를 받아 해남 화원반도까지 농업용수를 공급하고 용지를 확보하여 활용하는 사업이다. 영암방조제는 외자로 추진된 사업으로 1988년 6월 30일에 착공하여 1993년 12월 31일에 준공했다. 금호방조제는 국비로 추진한 사업으로 1989년 12

월 19일에 착공하여 1996년 11월 6일에 준공되었다. 이 사업으로 인해 20,249ha의 공유수면이 매립됨으로써 12,500ha의 간척지가 개발되어 공단부지, 레저시설부지, 농지 등 여러 용도로 활용할 수 있게 되었다.

영산호와 영암호, 금호호 사이에 연락수로가 연결되어 가뭄 피해가 심한 해남 해안지역까지 영산강 물줄기가 이어지고 있다. 수원이 없던 고천암간척지(1801ha)에도 금호호에서 수계 연결사업이 이루어져 용수를 활용할 수 있게 되었다.

영암방조제 사업으로 인해 그 유명한 미암 사포의 낙지가 없어졌다. 우리나라에서 가장 좋은 낙지, 특히 세발낙지의 터전이 사라진 것이다. 지금도 입맛이 다셔진다.

4단계사업은 육지부 사업이다.

영산강농업종합개발사업의 4단계는 육지부개발사업이다. 영산호에서 용수를 공급받아 무안, 신안, 함평, 영광 일대의 농지16,730ha를 전천후농지로 개발한다. 이를 위해 용수로 476km를 설치하게 된다. 2011년 12월에 착공이 되어 현재 시공 중이다.

(영암 2013년)

전봉준 장군 순국 128주기 추모사

오늘 서울 종로 한가운데 좌정하고 계시는 전봉준 장군(全琫準 將軍)님의 동상 앞에서, 순국 제128주기 추모사를 올리게 된 것을 가슴 벅차게 생각합니다.

장군님이 계시는 이 자리는, 1894년 갑오년 누란의 위기에 빠진 나라를 구하기 위해 외세를 몰아내고, 나라의 기반을 튼튼히 하여 백성들이 살기 좋은 세상을 만들고자 동학농민혁명을 일으켜 진격의 목표로 삼으신 서울의 한복판입니다.

장군님은 당대의 지식인이셨습니다. 앞을 꿰뚫어볼 수 있는 형안을 가진 선각자였습니다. 동학의 지도자로서 인내천(人乃天) 사상가였습니다. 낡아빠진 구체제를 혁파하여 백성들이 잘 사는 나라를 만들고자하는 혁명가였습니다. 침략 야욕으로 가득 찬 일본군을 우리 땅에서 몰아내고 튼튼한 나라의 바탕을 구축하고자 하는 우국투사이셨습니다.

1984년 중후반의 정세는 위기였습니다. 청나라가 아편전쟁으로 인해 영국과 남경조약을 체결하고, 영국과 불란서의 강압에 의해 북경조약을 맺어 10개 항(港)을 개방하였으며, 러시아에 우스리강 동쪽의 영토를 할양해 주었습니다.

일본은 명치유신을 통해 구라파의 선진문물을 받아들여 무장하고 한반도와 대륙진출을 노려 강화조약을 통해 개항(開港)시키고 갑신정변 이듬해 천진조약을 맺어 청국군이 조선애 파견되었을 때 일본군도 파견할 수 있는 길을 열어놓았습니다.

이 위기를 위기로 느끼지 못한 위정자들은 스스로 나라를 지키는 안보에는 관심이 없고 권력다툼에만 골몰하였으며 백성들은 탐관오리들의 가렴주구와 사회제도의 불합리로 인해 고난의 늪에서 허덕이고 있었음에도 눈과 귀를 막고 있었습니다.

장군님은 이대로 보고 있을 수만 없었습니다. 1894년 1월 조병갑 고부군수의 탐학과 부당한 만석보 수세 부과에 항거하여 일어난 봉기에 앞장섰습니다.

1894년 3월 나라의 위망(危亡)을 앉아서 볼 수 없어 보국안민(輔國安民)과 광제창생(廣濟蒼生)의 기치를 높이 들고 동학농민혁명을 일으켜 황토현 전투에서 관군을 물리치고 전주성을 점거하였습니다. 그런데 집권자들은 큰 실수를 저질렀습니다. 청나라 군사를 끌어들인 것입니다. 기회만 노리고 있던 일본군은 천진조약을 구실삼아 우리나라에 청나라보다 많은 군대를 파견하였습니다. 장군님은 외국군을 철수시킬 수 있는 조건을 만들어주기 위해, 전주화약을 맺어 관군에게 전주성을 넘겨주고 물러났습니다.

그러나 일본군은 우리나라를 보호국으로 만들기 위한 책략으로 철군을 반대하고 조정을 압박하여 내각을 새로 구성케 하였으며 동시 철군을 주장하는 청국과 청일전쟁을 일으켰습니다.

장군님은 일본군을 축출하기 위해 다시 1984년 9월 동학농민혁명을 일으키셨습니다. 이때 정부는 일본군 편이었습니다. 서울을 목표로 한 장군님의 동학농민혁명군은 일본군의 근대화된 무기의 벽을 뚫지 못하고 공주(公州)에서 뜻을 접고 물러나야 했습니다.

이 모든 봉기의 중심에 장군님이 계셨습니다. 동학농민혁명은 무위로 끝나지 않았습니다. 낡은 구체제를 개혁하는 계기를 마련하였고 일본의 조선 보호국화를 막아서는 큰 장벽이 되었으며 일본의 야욕에 대한 항거역량을 키워 의병과 독립운동을 전개하는 동력이 되었습니다.

장군님은 우리나라 역사에서 국가사회개혁의 큰 불기둥이 되었습니다. 동학농임혁명과 더불어 세계로 뻗어가는 대한민국의 청사(靑史)에 길이 빛날 것입니다.

순국 제128주기 전봉준 장군 추모제에서, 족손 전석홍(族孫 全錫洪) 삼가 올립니다.

(2023년 4월 24일)

5부

무등을 지키는 사람들
영암출신 문화도백 전석홍씨
詩 쓰는 70대 정치인 전석홍
팔순 老시인이 부르는 희망가
여의도연구소 이사장 전석홍 전 전라남도 도지사

무등을 지키는 사람들

-全錫洪 도백에게

朴鳳宇

우리는 전라도 그 가운데에서도 남도 사람입니다.

우리 고장은 예술의 고향입니다.

무엇보다도 문화를 예술을 알아야 합니다.

전 도백께서는 우리와 같은 고등학교 동기입니다.

목포를 광주를 왔다 갔다 하면서 문학을 이야기하고 살아 온 사람입니다.

광주시장을 거쳐 온 당신은 누구보다도 남도의 행정을 아는 사람입니다.

김현승 시인의 시비를 세울 때 만나고 몇년이 흘렀습니다.

남도는 당신의 고향입니다.

정말 우리 全南을 위해서 희생해야 하겠습니다.

문학을 예술을 모르면 큰 그릇이 될 수 없습니다.

나는 無等에서 뼈가 굳어 온 사람입니다.

나는 지금 고향을 애타게 그리워하는 실향민과도 같습니다.

나는 우리 전남의 예술인을 대표해서는 이야기할 수 있습니다.

지금 고향을 떠나 살고 있지만 나는 無等을 忠壯路를 잊을 수 없습니다.

전 도백님..

예술의 고향에 돌아와서 모든 예술인들을 만나 주십시오.

행정만 애국이 아닙니다.

당신은 한때 詩를 쓴 사람입니다.

나도 光州로 갈랍니다.

고향에서 조용히 살고 싶습니다.

좋은 詩를 쓰고 싶습니다.

전 도백님 당신은 나의 고등학교 시절에 잊을 수 없는 항도 목포의 사람입니다.

文學을 통하여 우정을 맺은 뼈에 사무친 친구이기도 합니다.

나는 언제나 당신이 크기를 지켜왔습니다.

나는 이 세상에 제일 가난한 詩人입니다..

못살고 싶은 것이 아닙니다.

나는 無等人입니다.

내 고향의 명예를 버릴 수는 없습니다.

전 도백님.

예술의 고향에 왔으니 모든 예술인들을 모시고 한자리 모여 좋은 의견들을 들어 주십시오.

그것이 바로 당신의 보람찬 일생일대의 기념비가 될 것입니다.

친애하는 도백님.

당신은 광주시장을 겪으면서 광주를 알며 참으로 전남을 아는 사람입니다.

무궁한 전남을 당신에게 맡긴 것은 큰 보람입니다.

한번 전주에서 내려가 뵙겠습니다.

(전남문단 12집 1985년)

박봉우 시인이 나에게 준 이 글은 1985년 《전남문단 12집》에 실린 글이다. 나는 이 글을 모든 공직에서 떠나 시를 쓰고 있을 때, 황하택 시인에게서 받았다. 내가 도지사직을 떠난지 20년 가까이 되는 때였다.

이 글을 읽어보면서 옛날이 떠오르고 도지사 재직 중 이 글을 접하지 못한 것이 몹시 아쉬웠다. 그때 알았더라면 직접 만나 지난날을 얘기하면서 문화행정에 대해 많은 자문을 받을 수 있었을 텐데.

박봉우 시인과 나는 고등학생 시절, 시 공부를 하면서 교유하던 사이로 목포까지 내려와 함께 만나 문학얘기를 나누기도 했다. 그는 젊어서 이름을 떨친 시인의 반열에 올랐다. 그와 나는 가는 길이 달라 만나지 못하다가 광주시장 때 김현승 시인의 시비 재막식 행사에서 만나고 그 뒤 만날 기회가 없었다. 참으로 아쉽다. 자주 연락하면서 세상살이를 했어야 했는데 그러하지 못한 삶에 회한이 남는다.

지금도 내 서가에는 그의 시집 『휴전선』『황지의 풀잎』『서울하야식』『딸의 손을 잡고』와 『시인의 사랑』이 꽂혀 있다.

영암출신 문화도백 전석홍씨

-"시를 쓴다 했더니 아내부터 놀라"

박화야 / 기자-서울

"시인의 손에 들어가면 꽃과 구름이 되고 철학자의 손에 들어가면 논리가 되는 언어들이 아름다운 질서를 잡아가는 모습을 발견하는 일은 매우 황홀하다."

전직 광주시장, 전남도지사, 국가보훈처장, 국회의원 등 화려한 관직을 두루 거치면서 원칙과 강한 추진력으로 '문화도백'이라는 별호를 얻을 만큼 문화예술 전반에 걸쳐 다양하고 향기로운 초석을 마련, 도민들 간의 우호감을 높이고 많은 신뢰를 얻었던 전석홍 전 전남도지사(70).

지난 5월 창작시 「장미꽃에게」를 문학월간지인 『문예사조』에 발표했던 전 전지사는 생명이 더 투명해지는 가을을, 오는 12월에 출간할 시집(가제: 하늘을 향하여) 정리 작업하느라 그 어느 때 보다 행복하고 분주한 시간을 보내고 있다.

"시는 중학 때부터 써 왔는데…"
"시를 써왔다는 사실에 뜬금없는 일처럼 주변사람들은 물론

아내(양희복)부터 놀라더라"는 전 전지사는 "중학교 때부터 철학서적을 많이 읽고 시를 썼다. 철학에는 내가 하고 싶은 인생의 교훈이 교과서처럼 수록 돼 있었다. 고등학교 때는 별명이 세계적인 철학자 '데카르트'였으며 정치학을 결정하기 전인 고2때까지는 시를 쓰면서 철학을 전공하려했다"면서 "이번 시집은 젊은 시절부터 일상을 통해 시상이 뜨겁게 떠오를 때마다 작업해 두었던 것들이며, 공직을 떠나면 본격적으로 시를 쓰려했다"고 시적 세계가 자신의 인생에 자연스럽고 앞선 인연임을 설명했다.

마치 새로운 삶의 시작을 앞두고 기대감에 차있는 청년처럼 "시란 독자에게 이해가 되고 의미가 담겨야하며 문학적인 묘사가 갖춰져야 하기에 참 어렵다"고 말하는 그의 내면이 매우 순수하게 느껴졌다.

광주시장과 전남도지사 시절의 치적을 말해달라는 요구에 극구 겸손한 그는 도지사가 되면서 마음에 세웠던 일들이 "광주문화예술관과 광주실내체육관을 건립하고, 영암 왕인박사유적지를 정화하자는 것으로, 주로 문화예술에 중심을 둔 행정을 펼치자는 것이었다"면서 "도립국악단을 창단해 남도창을 활성화시키고 주암댐과 더불어 처음으로 고인돌공원을 만들었던 일과 영산강유역에 농업박물관 등을 만든 일이다"라고 소개했다.

"내 고장을 위해 일한다는 것은 곧 '애향하는 길'이고 도민에게 긍지를 심어주는 일"이라는 그는 갖가지 소중한 기억 중에 당시 국립광주박물관장이던 이을호 박사와 더불어 전국의 일류 고문화 전문학자들과 '고문화 심포지움'을 통해 고문화 연구가 늦은 전남을 위해 서로 마음을 맞춰 협력했던 일들을 잊을 수 없다며, 강진 김영랑 시인의 생가, 의제 허백련 화백의 춘설헌, 목포 이훈동씨 집 등 수많은 사학적 건축물과 역사인물의 생가 등을 문화재로 지정함으로써 남도문화보존책을 확산시킨 일이 보람으로 남는단다.

실제로 그는 문화분야 개인 소장 서적이 가장 많고 과거 내무부에 근무하던 시절에 다루었던 '소도읍'을 주제로 『소도읍개발론』을 저술했으며 현재도 문화를 지방별로 분류해 정리중이다

남도의 행정과 문예정책을 선도했던 그의 훌륭한 지도력에 대한 평가에 대해 "직책은 인간사의 하나의 과정일 뿐이며 대통령이라 할지라도 한정된 시간이 지나고 나면 다시 인간본연의 자리인 '원점'으로 돌아가게 돼 있다"며 "그래서 나는 항상 한 인간으로 살고자 했고 가능한 누구든 도우려했다"고 자신이 살아온 신조를 거침없이 토해냈다.

영암출신인 그는 "특히 고향일이라면 도움 될 일이면 발 벗고 나섰다"며 "교육열이 높았던 할아버지가 새벽이면 깨워 마당을 쓸면서 큰 소리로 글을 읽게 하시고 혹여 더듬거리는 날엔 엄중하게 꾸짖어 주셨던 일이 가장 많이 생각난다"고 회상했다.

또 전 전지사는 "그때 피폐한 농촌의 어려운 삶을 보면서 철

학에서 정치학도가 되기로 전환했던 자신의 성장 배경이 자신의 삶과 무관치 않다"면서 "의협심이 강하고 어려운 사람들과 약한 자들의 편에서 행정을 펼치게 했던 기조가 됐다"고 자신의 인생행로에 철학적 정신배경과 고향의 관계성을 설명했다.

"지자체 문화에 관심 가져야"

이어 그는 "지방자치단체장들이 문화에 관심을 갖는 것이 중요하다"면서 "저의 시적 취향이 문화예술 쪽으로 행정의 방향성을 잡게 했던 동기가 됐다"고 덧붙였다.

정계입문에 대한 질문에서 "행정과 정치는 너무나 다르다"며 정치에 대한 언급을 극도로 자제하는 그는 "95년 도지사 출마 역시 뜻이 없음에도 불구하고 민자당 분위기에 어쩔 수 없이 입후보했었다"며 "최근 정치에서도 결별해 그야말로 완전한 자유인으로서의 삶을 누리고 있다"고 밝혔다.

오월에 핀 찔레꽃과 장미꽃을 보며 너무나 튄 장미의 오만함을 향해 "네 계절이 가면 원점으로 돌아가리라"는 그의 「장미꽃에게」 자작시는 곧 그의 인생관의 표본이다.

잠시 맡은 역할의 높낮이는 한 순간의 과정일 뿐 다시 '원점'으로 돌아와야 하는 "인생의 순리를 터득하고 살아온 전 전지사. 그는 이미 성속일여를 꿈꾸며 '하늘을 향해선 아름다운 사람'이었다.

(호남매일 2004년 10월 5일)

詩 쓰는 70대 정치인 전석홍
-만나고 싶었습니다

"공직자에게 '원칙'은 생명, 가치를 지키는 위대한 힘"

만난 사람·글 / 남성숙 논설주간

소를 너무 좋아해서 소의 기질인 '인내와 성실'을 좌우명으로 삼고 산 전석홍씨(75. 여의도연구소 이사장)는 고향 영암(서호면 장천리)에서 소 풀 뜯기며 소에 반해서 '소 같은 삶'을 살겠다고 결심하고 소를 가슴에 평생 담고 산 이다. 뿔이 있지만 뿔을 쓰지 않고 먹은 것을 되새김질하며 근면과 성실함으로 생을 마감하는 소에게 그는 이런 시를 바친다.

'태초/너의 조상은 넓은 들 낮은 산/풀을 뜯으며 한가로이 뛰놀고 살았다//순하디순한 너의 족속은/어느 땐가/인간의 지혜에 이끌리어/코뚜레가 끼워져/그 고집, 그 힘 쓰지 못하고/자유를 잃었다//좁은 마구간/……/너 소여//반항을 모르고 굴종만 익혔기에/날카로운 뿔은 녹슬고 /자유를 잃은 너/황혼이 오면/겁에 질린 큰 눈 꿈벅이면서/물끄러미 먼 산 바라보고/아련한 고향을 그리는/회한의 세월 반추하는 소여//'

❯ 시는 언제부터 쓰셨습니까.

"중·고등학교 때부터 썼어요. 시심이 생기면 언제든 메모하는 습관을 어려서부터 가졌지요. 시에 대한 관심을 가지면서 사실은 대학에서 철학을 전공하고 싶었어요. 그런데 서울대 정치학과를 가는 바람에 고등고시를 준비하게 되고, 스물일곱에 고등고시에 합격한 후 27년 관직생활을 하면서 시를 쓸 시간이 없었어요. 관직생활 하면서도 자다가 시심이 일어나면 메모는 했지요. 공직을 퇴임하고 정계에 입문하여 정치활동을 하다가 이를 마감하고 5년 전에 《현대문예》에 정식 등단을 하고 본격적으로 시를 쓰기 시작했지요."

문학청년이었던 그의 감수성은 행정관료를 하면서도 그대로 묻어났다. 고속산업화과정에 있던 1970-80년대 대한민국 고위관료로서 '문화행정'에 깊은 관심을 갖는 것은 쉬운 일이 아니었지만 늘 문화적인 감수성을 행정에 녹여내려고 했다. 고시에 합격한 후 전남도에서 수습을 하고 광산군수 영광군수로 고향에서 근무를 하다가 중앙으로 올라가 당시 내무부 도시지도과장, 감사담당관, 행정과장을 맡아 일했고, 광주시장 충북부지사, 내무부 차관보, 전남도지사, 국가보훈처장을 끝으로 27년간의 관직생활을 계속하면서 그가 늘 관심을 가졌던 것이 문화인프라 확충이었다. 50세에 전남도지사가 되어 고향에 오면서 꼭 해야겠다고 결심한 것이 '광주문화예술회관 건립' '광주 염주실내체육관 건립' '왕인박사유적지 정비'였던 것만 봐도 그의 문화에 대한 관심도를 알 수 있다.

❯ 당시 정부는 문화에 큰 관심이 없어서 어려웠을텐데요.

"많이 어려웠지만 광주·전남이 예향이란 사실이 분명하고 예향다운 문화인프라는 갖추어야 한다는 생각 때문에 당시 문화공보부장관께 계획을 설명하고 운암동산에 터를 잡아 미술 음악 무용 국악 등을 종합적으로 할 수 있도록 장기계획을 세워 밀어붙였죠. 그때 부산보다 객석이 많은 광주문화예술회관을 짓고 그 옆에 국악당과 미술관을 배치해 복합문화센터로 계획한 것은 정말 선진적인 일이었습니다. 주변 국립광주박물관, 어린이대공원 조성과 함께 광주문화벨트의 싹이 그때 트기 시작한 거예요. 염주실내체육관이나 왕인박사유적지 정비 역시 쉽지 않았지만 참 잘한 일이라고 자부합니다."

전 이사장의 문화마인드는 문화행정을 통해 광주가 오늘날 아시아문화중심도시를 조성할만 한 역량을 갖게 했고, 전남이 각종 역사인프라를 구축해 관광전남을 부르짖도록 하는데 초석이 되었다. 이런 문화행정에 대한 열정은 정치로 옷을 바꿔 입고 나서도 계속됐다. 1995년 제15대 국회의원으로 정치에 발을 들여놓은 이후 한나라당 전남도지부 위원장, 제17대 대통령선거 한나라당 전남도당 선거대책위원장을 맡아 정치 활동을 하면서도 왕인박사현창협회 회장, 강진의 영랑기념사업회 자문위원, 남양문화재단 이사 등 다양한 문화활동을 통해 문화와 정치의 접목을 시도하고 있다.

24일 강진에서 열린 영랑문학제에 참석한 전 이사장은 서울에서 차를 대절해 내려온 시인들 속에 섞여 영랑백일장과 미술

실기대회, 동화구연대회, 영랑시문학심포지움, 어린이 책잔치 등 에 참여하면서 전국의 문인, 학생, 관광객과 함께 어울렸다

▶ 좀 다른 얘긴데, 처음부터 끝까지 한나라당만 고집하고 계신 이유는 뭡니까.

"정치를 해야겠다고 맘먹으면서 여러 당을 비교해 봤어요. 당시 호남출신은 모두 한나라당을 기피했지요. 그러나 나는 각 당의 이념과 철학을 비교해 보고 나의 소신과 철학은 한나라당 과 맞다고 보았습니다. 그래서 선택했고, 그 선택을 후회한 적 은 없어요. 제 성격이 원칙을 정하면 흔들리지 않고 밀고 가는 '소' 같은 부분이 있어서 그랬겠지요"

▶ 행정 하시면서도 '원칙'을 대단히 강조하신 걸로 아는데요.

"공직생활 27년 동안 동료나 부하직원에게 가장 많이 한 말 이 공과 사를 분명히 하되 원칙을 지키자는 것이었습니다. 인 간으로 태어나 같이 출발했지만 각자 다른 모습, 다른 성격으 로 살다가 결국 나이들면 원점으로 돌아가는 것이 인생사입니 다. 자신이 어떤 위치나 분수령에 있다고 해서 원칙을 저버린 다면 그것은 곧 자신과의 싸움에서 지는 것이고 신뢰를 무너뜨 리는 일이 됩니다."

아마 전 이사장이 빨리 승진하고 빨리 공직생활을 마무리한 것도 공과 사를 분명히 하고 원칙을 저버리지 않은 태도 때문 인 것 같다. 일하면서 승진을 염두에 두고 일하지 않았으며 일

이 좋아 일에 몰두하다 보니 고속승진과 원하는 일이 이루어졌다는 것이다.

전 이사장은 지금도 매일 자신에게 '원칙 있는 삶'을 촉구한다. 모두들 빨리만 가려고 하지만 원칙 없이 속도만 내면 낭패하기 쉬운 것이 인생이다. 정작 필요한 것은 올바른 길로 빨리 가는 것이고 원칙을 따라야 한다는 것이 전 이사장의 소신이다.

"'원칙'은 삶의 과정에서 끊임없이 되돌아봐야 할 원점이자 가치를 지키는 위대한 힘입니다. 그래서 원칙이 부재한 삶은 늘 위태로울 수밖에 없습니다. 자기 원칙을 포기하지 않으면서 어떻게 현실적인 문제들에 대응할 것인지 생각해야 합니다. 옳은 원칙이 무엇인지에 대해 생각하는 사회는 부패하지 않습니다. 인생 혹은 기업경영에서도 목표를 세우는 것만큼 중요한 일이 정립된 기준을 일관되게 이끌고 가는 경영자의 원칙일겁니다. 원칙은 만들기도 지키기도 힘들지만 일단 정해놓고 지키면 모두에게 득이 됩니다."

그렇다. 어느 조직이든 옳은 원칙은 조직의 역량을 응집시킬 뿐 아니라 장기적 생존 토대가 되어준다. 지름길을 찾는 데 익숙해진, 온갖 수단과 방법을 써서라도 이기고 싶은 우리들에게 원칙을 지켜 성공했다는 전 이사장의 조언은 삶에서 중요한 것은 빨리 달려가서 1등을 하는 것이 아니라, 비록 멀리 돌아가더라도 제대로 가는 것이라는 교훈을 준다. 더군다나 손해가 분명한 데도 원칙과 기준을 지키는 용기는 배짱이나 만용이 아니라 세상을 제대로 사는 지혜라고 생각한다. 눈앞의 이익 추구를 넘어 장기적 관점 하에서 원칙을 지키는 것, 그것이 진정한 신뢰를 얻는 길이고, 신뢰의 보답은 결국 이익으로 돌아올 것이다.

그래선지 전 이사장은 가끔 친구나 동료 중에 '같이 놀자'고 전화하는 사람을 싫어한다고 한다. 남의 시간, 남의 인생 가치를 무시하고 자신이 심심하니 '같이 놀자'는 것만큼 이기적인 것은 없다고 말한다. 이런 그의 원칙론은 75세까지 산 인생 전반에 깊고 합리적으로 자리하고 있다. 어디에 부임해가든 부하 공무원들에게 자신의 신조로 제1 건강, 제2 인간관계, 제3이 능력이라고 소신을 밝히면 모두들 왜 능력이 제1 아니냐고 물었단다. 그의 답은 간단하다. 건강을 해치면 아무 일도 못하니까. 그래서 가족에게도 '건강'을 제일 우선으로 강조하면서 가훈으로 '걷는 자만이 앞으로 나아간다'는 것을 써 붙였다. 건강을 살핀 다음 신의와 성실로 열심히 살라는 의미다. 역시 소 같은 우직함이 들어있는 건강철학이다.

> **❯ 건강을 제일로 삼으셨으니, 건강관리 하는 특별한 비법이라도…….**

"보시다시피 건강해 보이죠? 특별히 남들처럼 골프를 하거나 특별히 투자하는 운동 없습니다. 매일 1시간 정도 걷는 것이 도움이 되는 것 같습니다. 비법이라면 그냥 걷는 것이 아니라 마음을 비우고, 잡념을 비우고, 욕심을 비우고 걷습니다. 저

는 개인적으로 건강 살피는 가장 큰 보약은 '마음을 비우는 것'
이라고 생각합니다. 마음을 맑게 가라앉힌 다음 운동해야 효과
가 있습니다. 욕심이 꽉 차서 오기로 하는 운동은 아마 몸에 독
을 더 쌓게 될 겁니다."

　전 이사장은 몸건강 마음건강 잘 다스려 20대에 세운 3가지
목표를 모두 달성했다. 대학생 때 세운 3가지 목표는 고시합
격, 박사학위취득, 시인이 되는 것이었다. 고시는 합격해 27년
고위공직자 생활을 했고, 한양대학교에서 '소도읍개발론'으로
박사학위를 받았으며, 벌써 '담쟁이 넝쿨 의 노래' '자운영 논
둑길을 걸으며' 등 시집 두 권을 내고 지금 농기구를 주제로 써
놓은 시를 묶어 곧 시집을 낼 예정이니 세 가지 다 이뤘다. 그
는 그저 취미로 시 쓰는 그런 시인이 아니다. 문학평론가 김재
홍 교수(경희대)는 시인 전석홍을 이렇게 평했다. '명문 대학
전통있는 학과를 나오고 지방정부 수장으로서 오랜 목민관 노
릇을 성실히 수행하던 그분, 그러다가 중앙정부 요직까지 맡
아 국가와 사회를 위해 진력하던 그분이 노년에 가치 있는 삶
을 살기 위해 불현듯 찾아와 시를 공부하기 시작한 것이다. 남
이 보기엔 늦은 나이에 사회적인 위치에도 아랑곳하거나 개의
치 않고 인간적으로 겸허하게 문학적으로 치열하고 성실한 자
세로 시 공부를 하다가 마침내 까다로운 김남조 시인의 눈을
통과하여 시인으로 늦깎이 출발하게 된 것이다. 자세는 겸허하
되 진지하며 늦은 만큼 치열하고 성실하여 가까운 분들의 관심
과 존경을 불러일으키고 있다.'

❷ 시 작품 중에는 시간의 존재를 탐색하고 있는게 많은데요.

"몸건강 마음건강 그리고 시간의 주인이 되라는 것을 누구에게나 얘기합니다. 모두에게 주어진 시간이지만 어떻게 쓰느냐에 따라 그 사람 인생이 달라지니까요. 우리 모두가 다 시간의 고속열차를 타고 어딘가로 달려가고 있는 모습 아닙니까? 사람에 따라 이름 없는 빈칸으로 지나가는 사람도 있고 차곡차곡 채워 보내는 사람도 있지요. 모든 사람이 시간 속에서 태어나 시간이라는 열차를 타고 달려가다가 언젠가는 열차에서 내려 시간 밖으로 사라져버리는 시간 속의 존재, 시간 위의 존재 아닌가요."

영국의 철학가 메이컨은 '시간은 선택하는 것이 절약하는 것이다'라고 했다. 시간의 길이는 예나 지금이나 다름없다. 조물주는 우리 모두에게 똑같은 시간을 배당했다. 고도로 발달한 오늘날 시간의 길이가 자꾸만 짧게 느껴지는 것이 사실이지만 예나 지금이나 시간은 같다.

옛날에 1시간 걸어서 가는 길이 지금은 10분이면 간다. 비행기나 고속철도의 경우 1억분의 1초를 따지고 있다. 인공위성이나 우주비행선이 태공을 날고 있을 때도 1억분의 1초에 곤두세운다. 만약 1억분의 1초에 차질이 나면 우주비행선은 어디로 날아갈지 아무도 모른다.

똑같은 시간이라도 그 시간을 1억분의 1초로 인식하며 절약해 사는 사람과 24시간 단위로 인식하며 사는 사람의 인생은 아주 다르다. 똑같은 시간을 가지고 성공과 실패의 갈림길에서 몸부림치는 것이 우리 인간 아닌가. 그래서 누가 더 시간을 적절하게 더 효과적으로 쓰느냐에 따라 능력과 지혜와 용기를 가늠할 수 있으며 그의 앞날도 더러 판단할 수 있다.

시간의 흐름 속에 기회가 있다. 사람은 시간과 싸워 이길 수 없다. 시간은 무한대이고 사람의 능력은 한계가 있기 때문이다. 그러나 전 이사장은 백배 노력하면 시간을 다스릴 수 있다고 말한다. 시간이란 고속열차에 올라탈 것인가 그냥 보내버릴 것인가는 자신의 선택에 달려있다. 시간을 거슬러 시간의 주인이 될 수 있는 방법은 '지금, 바로, 여기'서 부터 머뭇거리지 말고 열심히 달리는 것이다.

(광주매일신문 2009년 4월 25일)

팔순 老시인이 부르는 희망가
-광주매일TV기념 토크&대담

대담 / 박준수 기획실장

팔순이 넘은 나이에도 왕성하게 시작활동을 하는 작가가 있다. 바로 전석홍 시인. 전 전남지사를 지낸 전 시인은 최근 다섯번 째 시집 '괜찮다 괜찮아'를 펴냈다. 지난 2012년도 10월 네 번째 시집 '시간 고속열차를 타고'를 출간한 후 4년 만이다. 다섯 번째 시집 '괜찮다 괜찮아'는 그 동안 전 시인이 움직인 곳곳마다 드는 생각이나 감정들을 틈틈이 메모하고 습작한 작품 중 75수를 추려 엮어낸 결과물로 볼 수 있다. 전 시인은 최근 광주매일신문 스튜디오를 방문해 박준수 기획실장과 함께 문학과 인생에 대한 이야기를 나눴다. 대담 내용을 간추려 정리한다. (대담=박준수 기획실장)

> ❯ **요즘 어떻게 지내시는가.**

작년까지 여의도연구원에서 일을 했다. 오랜 시간을 공직생활에 있다가 모두 정리를 했다. 현재는 가족들과 자유로운 나날을 보내며 지내고 있다.

❯ 최근 신작시집 '괜찮다, 괜찮아'를 출간했다. 벌써 다섯 번째 시집이다. 이번 시집의 작품 경향은 어떤 것인가.

결국 이 시집은 나의 삶에 관한 것을 담고 있다. '시'라고 하는 것이 객관적 상관물을 매개로 자신을 내면화하면서 표현하는 것이라고 생각한다.

시는 곧 삶에 대한 것이며, 인생을 어떻게 살아야 할 것인가에 대해 고민한 결과라고 보면 된다. 특히 이번 시집에는 내 느낌이나 각성, 내 주변의 가족 문제, 행복 등을 담았다.

내가 태어난 고향에 관한 내용도 있다. 고향에 대해 다룰 때면 시적 내면화도 더 많이 되는 것을 느낀다. 또 나는 공직생활에 오래 있었기 때문에 '나라'나 '애국심'에 관련된 시도 여러 수 썼다.

❯ 시집 제목 '괜찮다, 괜찮아'에 얽힌 가슴 훈훈한 에피소드가 있다고 들었다.

서울 집 근처에는 '학동공원'이 있다. 나는 이 곳을 산책 삼아 거의 매일 다니곤 한다. 가족단위로 많이 놀러 나오는 곳인데, 이 곳에 가면 행복한 가족의 모습들을 많이 만날 수 있다.

어느 날 아버지와 6살 정도 돼 보이는 어린아이가 야구공놀이를 하고 있더라. 그것을 한참 구경하고 있었다. 그러던 중 그 아이가 야구방망이로 내 가슴을 실수로 쳤다.

모든 어른들이 그렇듯 그 아이의 아버지는 깜짝 놀라서 나에게 죄송하다고 했다. 나는 그때 어린아이가 한 실수이니 "괜찮다, 괜찮아"라고 말하면서 지나갔던 기억이 있다. 이때 나는 이것이 곧 행복이고 '서로 살아가는 세상' 아닌가 하는 생각이 들었다. 각박한 세상에 서로 이해하고 행복하게 살았으면 좋겠다는 간절한 마음으로 집사람의 제안에 따라 이번 시집의 제목을 '괜찮다 괜찮아'라고 지었다.

❯ 시를 쓰게 된 계기는 무엇이었나.

영암 출생으로, 초등학교 시절에는 영암에서 살았다. 어릴 때부터 누가 지도하는 사람이 없었는데도 동요를 짓곤 했다. '물빤대기'나 '짱뚱이' 등 시골에서 볼 수 있는 여러 소재로 동요를 짓곤 했다. 학교에 가서 선생님에게 보여드리곤 했는데 아무 답도 없고 그냥 쳐다만 보더라. 그렇게 초등학교 때부터 계속 동요와 동시를 지었다. 중학교 때엔 문예반에 들어가서 시를 쓰고, 고등학교 때부터는 본격적으로 시 공부를 하게 됐다. 또래 친구들 몇몇과 함께 토론하고 시를 써 내고 했다. 생각해 보면 문학에 대한 열망이 굉장했던 것 같다. 특히 시에 굉장히 심취했다. 친구들과의 토론 모임으로 인해 이후 지방신문이나 교지에 시를 게재하곤 했다.

그 뒤 대학 전공을 정치학과로 정해 진학하고, 행정과 정치의 길을 가고 나서는 문학에 별 다른 시간 투자를 못했던 것 같다. 시를 중점적으로 쓰진 못했는데, 그 시심이 계속 떠나지가 않더라. 바쁜 와중에도 다른 사람들이 쓴 시를 읽고 메모도 하고 시를 계속 접했다.

이후 2004년에 정치 인생을 모두 접었다. 해서 등단을 해야 겠다는 마음을 먹고 그 동안 쓴 시 60편 정도를 모아 2004년 도에 바로 등단을 하게 됐다. 시간 날 때마다 틈틈이 시 평론가 들을 만나고, 시 토론 모임도 참여하곤 했다. 시간이 지날수록 '시'는 그냥 쓰는 것이 아니구나 생각했다.

❯ 문학을 통해 추구하는 세계는 무엇인가.

무엇보다도 가장 중요한 것이 생명이고, 생명의 가치가 항상 우선시 돼야 한다고 생각한다. 사람의 직업이 다양하고 하는 일도 모두 다르지만, 생명의 가치는 모두 똑같이 중요하다. 이런 관점에서 세상을 바라보고 글을 쓰고 있다.

❯ 시는 '언어의 예술'이라고 말한다. 시적 영감을 이미지로 표현하는 특징을 지니고 있다. 본인만의 표현 방식은 무엇인가.

시를 쓰기 시작할 때, 단순히 감정 표현만 하는 것이 중요하다고 생각했다. 처음엔 그냥 직관적인 감정을 적어 내려갔다. 직관적인 것이 시의 본질은 아니더라.

예전엔 눈물이 흐르면 흐르는 대로 그 장면을 썼었다. 하지만 눈물이 흐르는 직접적인 장면을 쓰는 것이 아니라, 눈물을 다 흐르고 눈물이 마른 다음 그 의미를 형상화 하는 것이 바로 '시'였다. 또 낡은 용어를 쓰지 않아야 하며, 객관적 상관물에 대한 나만의 표현을 위해서 때묻은 용어를 깨끗하게 닦아 내 것으로 만들어 써야만 한다.

> ● 현재 왕인박사현창회 회장을 맡는 등 고향에 대한 애정이 남다르다. 작품에도 고향에 대한 그리움이 가득 스며있다. 각별하게 고향을 그리워하는 까닭이 있는가.

사람마다 다 고향에 대한 생각이 있을 것이다. 특히 나는 정지용의 '향수'라는 시를 좋아한다. 고향에 대한 애착은 모두가 똑같다고 생각하고, 다른 작가들도 글로 많이 표현하는 것 같다.

왕인박사는 일본에 아스카문화를 뿌리내리게 한 장본인이다. 해서 매년 제사를 지내고 왕인박사를 선양하는 것은 결국 정신적으로 일본을 이기는 것이자 매우 중요한 작업이라고 생각한다.

> ● 벌써 여섯 번째 시집이 기다려진다. 앞으로 문학활동 계획을 설명해 준다면.

시를 짓고 작품 활동을 하는 것은 나를 늘 푸르게 한다. 시를 형상화하는 길은 결국 나를 계속해서 단련시키는 일이다. 힘들지만 앞으로도 계속해서 시적 활동을 할 것이며, 내 작업을 이어갈 것이다. 주제는 아마 인간, 가족, 생명 등이 되지 않을까 예상해 본다.

(광주매일신문 2016년 5월 31일)

여의도연구소 이사장
전석홍 전 전라남도 도지사
-어떻게 지내십니까

전라도人 박재룡 편집국장

지난 1984년 10월부터 1988년 2월까지 제22대 전라남도 지사를 역임하고 지난 2008년부터 새누리당 여의도연구소 이사장직을 맡아 79세의 나이에도 아직도 건강하고 힘차게 활동하고 있는 전석홍 전 전라남도지사를 만났다. 전석홍 전 전라남도지사가 지난 7월 18일 장성군에서 매주 시행하고 있는 제811회 '21세기 장성아카데미' 강사로 초빙돼 장성군 문화예술회관에서 '실수에서 배운다'라는 주제로 강의를 한다는 말을 듣고 이날 오후 6시쯤에 강의 장소로 갔다. 200여석의 객석을 꽉 채운 가운데 진지하게 강의가 진행되고 있었는데 여전히 카랑카랑한 목소리는 과거 도지사 시절을 연상케 했다. 강의가 끝나자마자 VIP실에서 전 前 도지사를 만나 "예나 지금이나 여전하시다"고 말을 건네자 "나이는 숫자에 불과하다. 열심히 살다보면 세월 가는 줄 모르고 산다"며 환한 웃음을 띠우며 2시간 가까운 강의 뒤에도 지친 기색도 없이 1시간 정도의 인터뷰에 친절히 응하며 고향 사랑을 표시했다.

● **전남도지사를 역임하신지도 벌써 25년이 지났습니다. 그간 어떻게 지내셨는지요**

이현재 내각을 마지막으로 관계(官界)를 떠났다. 민정당 국책자문위원으로 활동하면서 한양대학교 대학원에서 하고 싶었던 박사학위 과정을 밟았다. 박사학위를 받은 뒤 『소도읍개발론』을 발간하고, 한양대학교 행정대학원에서 도시행정, 도시경영론 강의를 했다. 그러다가 민자당 도지사 후보로 나가 낙선했다. 15대 전국구 국회의원으로 있으면서 중앙당의 요청에 따라 전라남도 도지부위원장직을 맡았으며 동시에 중앙당 당무위원, 국책자문위원장직을 담당해 활동했다. 대통령선거 때는 대선기획단 위원, 전라남도 선거대책위원장을 맡았다. 국회의원 임기를 마치고 한양대학교 지방자치대학원에서 도시개발론 강의를 했다. 시를 쓰고 싶어 정치를 정리하려 했으나 마음대로 되지 않았다. 그래서 누구와도 상의하지 않고 지난 2004년 3월 29일 정당을 떠났다. 나는 시를 좋아해서 중고등학교 때부터 시작 활동을 했으며, 공직 생활 중에도 시상이 떠오르면 아무도 모르게 시를 써 모았다. 정리해 보니 60편 정도 됐다. 이 중 다섯 편을 골라 지난 2004년 《현대문예》로 시단에 등단했다. 이해 시집도 한 권 냈다. 지난 2006년에 김남조 선생의 추천으로 《시와시학》을 통해 다시 등단했다. 그 뒤 시집을 세 권 더 냈다. 마음을 비우고 시 공부에 열중하고 있다. 지난 17대 대선을 앞두고 요청이 있어 한나라당 전남선대위 공동위원장직을 맡았고 18대 대선 때도 새누리당 전남선대위 공동위원장

직을 담당했다. 지금은 새누리당 싱크탱크인 여의도연구소 이
사장으로 있으며. 왕인박사현창협회 회장직을 맡아 일을 하고
있다.

❯ 전남도지사 시절 가장 인상 깊게 기억되는 일이 있다면.

나는 임명직 지사로는 비교적 길게 했다. 3년 반 동안 '씨 뿌
리는 자세'로 일을 했다. 고향에서 마지막 공직에 봉사하는 자
리였기 때문에 최선을 다 했다. 마무리 한 일도 있고 마무리를
못하고 진행시킨 일도 있다. 모두가 기억에 남는다. 그 중 세
가지만 들어본다.

첫째. 문화행정 분야다. 나는 문화에 관심이 있어 '지방문화
의 창달'을 도정지표의 하나로 정하고 문화예술 창달에 힘을
기울였다. 나는 도지사로 부임하면서 세 가지 일은 꼭 해야 되
겠다고 마음 먹었다. 광주종합예술회관 건립. 광주실내체육관
건립. 왕인박사유적지 정비가 그것이다.

광주종합예술회관 건립은 지금의 위치를 잡아 대공연장. 소
공연장, 미술관, 국악당 마당놀이시설 등을 계획하여 1985년
12월 20일 기공해 도에서 시공하다가 광주시가 광역시로 승격
돼 광주시에 이관 1993년 준공해 오늘에 이르고 있다

광주실내체육관(임주체육관)은 어려운 과정을 거치면서 중앙
예산을 확보해 지금의 체육관 위치를 잡아 설계까지 마친 다음
광주광역시에 이관해 전국체전에 활용했다.

왕인박사유적지정비사업은 1985년 7월 착공해 1987년 9월

26일 주한 일본대사도 참석한 가운데 준공식을 가졌다.

둘째, 236읍면 방문 애로 청취다. 지사 재직 시 236개 읍면 모두를 방문해 하위직 공무원들과 대화를 나누면서 애로사항을 듣고 해결해 주었다. 6.70년대 농어민소득증대사업을 추진할 때 농업계학교 출신들이 임시직으로 기용됐는데, 읍면에 가 보니 임시직으로 그대로 있어 자리가 생길 때 공채를 중지하고 특채해 정규직화 해주었다. 농업직의 승진 기회가 적어 행정직으로 전직의 길을 터주었으며. 농촌지도소지소의 인력 보강. 읍면에 반추력 한 대씩 확보, 인구가 줄어가는 추세이므로 가족계획 실적에 의한 인사 폐지 등 현지 애로사항을 찾아 해결하는데 노력했다

셋째, 광산군의 광주광역시 편입이다. 광주광역시와 광산군과의 행정구역 조정을 내부적으로 구상하고 있던 차, 광주광역시에서 하남공단 광주편입을 중앙에 요청했다. 나는 차제에 광산군(송정 포함)을 분할하는 것보다 광주광역시가 명실공히 호남의 중심도시로 역할을 할 수 있도록 광주 면적보다 더 큰 광산군을 완전히 광주에 통합하도록 계획하고 내무부에 요청했다.

내무부에서는 한 군을 광역시에 편입한 선례가 없으므로 하남공단만 광주에 편입시키고 나머지를 광산시(송전 포함)로 존치하자는 의견이었다. 나는 청와대 강우혁 행정수석에게 전화해 나는 광산군수, 광주시장을 역임했고 현직 전남지사로서 바람직하다고 판단해 건의한 것이니 대통령께 보고해 광산군을

광주에 편입할 수 있도록 조치해 달라고 부탁했다. 그리하여 광산군의 광주 편입이 결정되었다. 우리나라에서 처음 있는 사례다. 지금 생각해도 광산군 전체의 광주 편입은 잘 한 일이라고 생각하고 있다.

▶ 지난 1995년도에 민자당 후보로 민선도지사에 출마해 민주당의 허경만 후보에게 고배를 마셨는데, 지역정서상 민자당 후보는 당선이 어려운데도 출마하게 된 동기와 선거과정에 얽힌 에피소드를 소개해 주신다면

나는 도지사로 3년 반 재직했다. 임명직으로는 긴 기간 재임한 것이다. 이 기간에 고향에서 공직이 마지막이기 때문에 최선을 다 했다. 그래서 도지사를 다시 하고 싶다는 생각이 전혀 없었다. 상황은 내가 생각한대로 진행되는 것이 아니었다.

민자당 김덕용 사무총장께서 만나자고 해서 만났다. 전남도지사후보로 나와 달라는 것이었다. 그날 밤 나는 KBS TV를 보고 있었는데 광주 지인들로부터 전화가 왔다. MBC TV에 민자당 전남지사후보로 내가 결정됐다고 방영되었다는 것이다. 깜짝 놀랐다. 결정된 것이 아니기 때문이다. 나는 나갈 생각이 없었다. 다음날 나는 도지사후보로 나가지 않겠다는 말씀을 드리고자 이춘구 민자당 대표에게 갔다.

이 대표를 뵈었더니 그렇지 않아도 한번 부르려 했다고 하셨다. 나는 떨어지는 것이 뻔한데 고향에서 도지사를 지낸 사람으로서 나갈 생각이 없다고 말씀드렸더니 나더러 "당의 중심에 들어오라. 당선 안 됐다고 전석홍이 부족해서 떨어졌다는 사람 하나도 없을 것이다. 입후보 해 달라"고 했다.

나는 내가 모셨던 이현재 총리를 찾아 상의 드렸더니 그 정도 상황이면 나가는 것이 좋겠다고 말씀했다. 고민이었다. 마지막 나의 결정을 알려주어야 할 날의 전날 밤. 나는 나가지 않으려 결심하고 집사람에게 얘기했더니 내 견해와 달랐다. 당에서 필요해서 나가 달라하고, 분위기가 그 정도면 떨어지더라고 나가는 것이 정도가 아니냐고 했다. 그렇게 해서 당에 입후보 통보를 하게 된 것이다.

나는 한번 결심을 하면 결과를 고려치 않고 최선을 다 한다. 누가 보아도 승산은 없다. 그러나 있는 힘을 다 하는 것이 내 임무라고 생각하고 뛰었다. 유세도 열심히 했다. 한번은 선거 마지막 날 장흥 대덕에서 유세를 마치자 기자 한 분이 나에게 "왜 그리 열심히 뛰십니까?"하는 것이었다. 뛰는 것이 너무나 당연한데 그리 묻는 것은 '떨어질텐데 무엇하러 열심히 뛰느냐'는 의미다. 나는 한 표도 더 얻기 위해 뛰는 것이 나의 할 일이라 했다.

어떤 친지는 나에게 전화로 당선 가능성이 없으니 조용한 곳에 가서 2,3일간 쉬면서 깊이 생각해보라는 것이었다. 내 뜻과는 전혀 달랐다.

❯ 전국구 국회의원 시절 가장 보람된 일화를 소개해 주신다면,
민자당, 한나라당에는 전남에 나밖에 없었다. 그래서 민원처리를 위해서 최선을 다하고 중간 역할을 해 주었다. 나는 4년간 예산결산특별위원회 위원을 역임했다. 나는 이 기간에 전남의 숙원사업인 서남권철도인입선과 무안비행장사업의 책정, 여천공단 위험지구 주민이주대책, 광양컨테이너부두 예산확보 등 역할을 했다.

또 나는 내무위원회 소속 위원으로 있었다. 5·18광주민주화운동보상법은 신청이 한시적이서, 이를 연장하는 데는 법개정이 필요했다. 내무위원회에서 5.18민주화운동에 대하여 내가 가장 잘 알고 있는 편이었다. 법개정을 추진하려는 분들이나 민주당 쪽에서도 여당이었던 나에게 와서 법개정 조치를 해 달라는 요청이었다. 나는 이 법의 개정안을 작성해 당에 보고하고 추진하기로 했다. 내무위원회 소위원회에서 5.18관련법의 개정에 필요한 내용을 설명하고 행방불명자와 미신청자의 신청 연장, 대상자의 범위를 정해 제1차 법개정을 하게 된 것이다.

❷ 지역 원로로서 광주·전남의 발전을 위한 고언을 부탁드립니다.

광주·전남은 항상 하나다. 하나라는 생각으로 시·도민들이 한 마음으로 힘을 합쳐 지역발전을 위해 서로 협조해야 한다. 그리고 한 가지 사업을 기획을 했으면 꾸준히 밀고 나가 결실을 거두어야 한다. 특히 지역사업을 추진하는데 있어서는 정치권에서도 여·야 구분이 없이 힘을 합쳐 지역발전을 견인하는데 앞장서야 한다.

(전라도人 제3호 2013년 8월)

전석홍 산문집

삶에 수평선 하나 띄워 두고

초판인쇄 2024년 07월 12일   **초판발행** 2024년 07월 18일

지은이 　**전석홍**
펴낸이 　**이혜숙**　 펴낸곳 **신세림출판사**
등록일 　**1991년 12월 24일 제2-1298호**

04559 서울특별시 중구 퇴계로49길 14,
충무로엘크루메트로시티2차 1동 720호
전화 02-2264-1972 팩스 02-2264-1973
E-mail : shinselim72@hanmail.net

정가 **15,000원**

ISBN 978-89-5800-274-1 , 03810